向着明亮那方

张周艳
/ 著

文化发展出版社
Cultural Development Press

图书在版编目(CIP)数据

向着明亮那方 / 张周艳著 . — 北京：文化发展出版社，2020.11

ISBN 978-7-5142-3237-0

Ⅰ.①向… Ⅱ.①张… Ⅲ.①散文集－中国－当代 Ⅳ.①I267

中国版本图书馆 CIP 数据核字（2020）第 203126 号

向着明亮那方

张周艳 著

责任编辑：孙 烨

出版发行：文化发展出版社（北京市翠微路 2 号 邮编：100036）

网　　址：www.wenhuafazhan.com

经　　销：各地新华书店

印　　刷：唐山楠萍印务有限公司

开　　本：710mm × 1000mm　1/16

字　　数：200 千字

印　　张：13

印　　次：2020 年 11 月第 1 版　2020 年 11 月第 1 次印刷

定　　价：45.00 元

I S B N：978-7-5142-3237-0

目　录

第一辑　心安处

第二辑　从前慢

第三辑　铁路边

第四辑　沿途景

第五辑　人生味

第六辑　明亮处

第一辑　心安处

列车前行：心安处即书房

“我们支起了耳朵，我们听得见平原上的水和诗歌。”我手里拿的是一本讲诗歌的小书，两行短短的楷体字，给人满心的喜悦。列车刚驶出大别山，正快速穿行在辽阔空旷的江汉平原。车窗外，湛蓝耀眼的天空像打磨过一样，空气中的尘埃粒子犹如盛满阳光一般闪闪发亮。远处是层林尽染，近处是金黄色的稻田和温柔的水面。

作为一名铁路工作者，乘坐火车是我的工作常态，也是我生活的一部分。由于工作原因，我每周都要在湖北、河南两省之间往返，而列车上两个多小时的时间里，我选择在阅读中消磨时光。

我没有固定的书房，可是我的书房又无处不在，在铁路边的单位宿舍里、在候车室、在列车上，都是我的免费书房，每一处都让我觉得安心和踏实。

2013 年，我大学毕业，来到位于河南省新县小站工作。这个位于大别山深处的小城大多时候并不热闹。白天，我跟着工区的职工们一起进行检查线路、更换钢轨等施工作业。

当夜幕渐渐降临，月亮高高挂在天边。工区的职工们早已下班回家，或者三三两两结伴去县城里，偌大的车间和工区的院子立刻变得空荡荡的，让刚走出校园的我觉得有些孤单。我住的宿舍距离铁道线很近，在宿舍里时时能听到窗户外传来响亮的风笛声，火车哐当哐当行驶而过的轰鸣声，划破了夜晚的漆黑和宁静。这时候，我喜欢一个人待在宿舍里读书，伴随着窗外的四季变迁和室内昏黄的灯光，进入书中宁静神圣的世界，在其中寻找光亮和希望。

2017 年，我离开河南新县，调到湖北麻城工作。当我开始整理宿舍，打包行李的时候，整整装了 4 袋子的书，一本也没舍得扔掉，有的带回了家里，有的带到了麻城的宿舍里，陪伴我左右。如今，我宿舍的书柜里，摆满了各类书籍，有需要反复阅读的经典书籍，也有每周添置的新书，补充新鲜的血液。

在大别山工作，除了我居住的窄小宿舍，列车也是我最常光顾的书房。由于工作原因，我经常乘坐火车出差或者通勤。即便如此，只要有书陪伴，内心永不生厌。久而久之，我反而喜欢上了在列车上阅读，喜欢看夜色中的火车疾驶而过，甚至习惯了列车偶尔发出的刺耳的呼啸，让我觉得亲切而温暖。

列车上的阅读较为惬意。火车在钢轨上均匀地移动，笔直、坚定、理性、沉稳。窗外是沉寂的夜色，是明亮的灯火，与阅读的快感交相辉映。列车在铁道线上行进，车轮和钢轨碰撞产生哐当哐当的声音，让阅读有了些许节奏。伴随列车晃动的声音，手捧一本书阅读，在喧嚣中享受独处的乐趣，如同和另外一个自己进行美妙的约会，那种相看两不厌的对视，让行程含情脉脉。

每当看书看的倦了，就抬起头看看车窗外的风景，有时候是连绵起伏的山峦，有时候是一片浓郁的绿意，有时候是满眼金黄色的稻田和乡村。火车停靠在一个个站台上，然后继续前行。人们一个个离开，也许永不会再见。待火车到站时，有恍如隔世之感。我收起书籍，拿着行李，告别火车，阅读的愉悦感却难以散去。

回想起来，关于读书的记忆，大概如同延伸的钢轨和行进的列车一样，在成长中一直伴随着我。有的书教我生活，有的书教我做人；有的书给我带来美学的喜悦，有的书有助我养成良好的习惯和心性；有的书激荡感情，有的书催人奋进……读过的书都融入我的骨血和生活中，伴随着我一路前行。

我是什么时候开始喜欢看书的呢？是从小时候父母买来的故事书开始的吧。我父亲是铁路工人，母亲是家庭主妇，他们一个忙工作，一个忙家务，很多时候我一个人待在自己的房间里，那些带着好看插图的故事书是我儿时最好的伙伴。

中学的时候，因为学业的压力，老师并不鼓励我们看课本以外的书籍。因此，我只能在课堂上或者课后偷偷地读书，时常怀着一种忐忑不安的兴奋，一页一页地翻过去，让人痴迷心醉。这时候，读得最多的是李白、杜甫、苏轼的诗词。不得不说，中学时对古典诗词的喜爱奠定了我后来的审美和阅读基础，“一川烟雨，满城风絮，梅子黄时雨”“行到水穷处，坐看云起时”……这些纷繁美丽的诗句给了我美的享受。

想来看书时间最充分的阶段要数大学时期了。那时除去上课，我有大把的时间可以自由支配，在寒暑假往返的列车上也可尽情阅读。学校的老师大多数知识渊博，时常鼓励我们多读书，通过读不同类型的书来丰富自己的知识体系、开拓自己的视野，在老师的指引和带领下我开始拓宽阅读的范围，开始更理性、更客观地去读书，先走进去，再走出来。哲学书教我如何更好地生活；诗歌给我美的体验；历史和地理书让我更了解这个世界，也让我在困惑迷茫时知道天地广阔，时空浩渺，不应受困于个人的小情绪，视野要开阔。

参加工作以后，有了充足的资金用来买书。书，本身就有情趣。好的版本尤其可喜，立在架上、放在案头、摆在枕边。那些干净的文字总能把我带入无人之境，我的思想随着铁道线延伸，始终保持着一颗热爱生活、旷达逍遥的心。

记得有本书叫《铁道之旅：19世纪空间与时间的工业化》，是德国历史学家沃尔夫冈·希弗尔布施的作品。这本书里写道："铁道将陆地与海洋的世界转化成一种全景，一种能够被体验的全景。它通过消除所有阻力、差异，以及旅途中的奇遇，将原来所有遥远的地方都结合在一起。现在，旅行变得如此舒适、如此普遍，它让旅行者的目光转向外，以不断变化的图景，给旅行者提供丰富的滋养。""铁路旅行如梦似幻。从费城到纽约，路上经过的那些小镇，它们看起来就像一幅幅墙上挂的画。更要紧的是，你能一路上都坐在车里，读一本法国小说。"读这本书时，我意外地产生了身心的共鸣。原来，铁路阅读由来已久，喜欢在铁路边读书的人这样多。

忙碌的一天结束后，我喜欢独自坐在书桌旁与书籍为伴，和书中的人物对话，穿越历史、空间，打破隔阂，神交古今。在阅读中，我寻找未知的答案，为自己的心答疑解惑；在阅读中，我慢慢修正自己的心性，不偏不倚；在阅读中，我逐渐变成了不一样的自己。

就这样，行驶的列车在我20多年的青春岁月里呼啸而过，为我营造了一个流动的书房，在我的生命里洒下一路书香。火车哐当哐当的声音也告诉我，人生的路上站点很多，属于自己的风景永远不要错过，而阅读和写作，就是属于我的最曼妙的风景，在行驶的列车上，此心安处即是书房。

细微的美好

读书的时候，我时常被一些细微的事情所感动。比如《红楼梦》里史湘云醉卧芍药裀，香梦沉酣，憨态可掬，旁边的芍药花纷纷扬扬地飘落，花瓣落了一身，满头满脸、衣襟上皆是红香散乱、香气隐隐。再比如《世说新语》里雪夜乘船夜访戴安道的王子猷，辗转一夜到达，到了友人家却转身返回，乘兴而行，兴尽而返。这些细微的美好，细腻而温柔，琐碎又温暖，让人不忍移目。

8 月份，事情混杂难免让我内心波澜起伏。于是，我试着跑步、阅读、写日记、摄影，或者在下班以后开车出去，打开车窗，让清凉的晚风扑面而来。看着城市的灯火阑珊，我慢慢安静下来。也许，有时候我们给自己织了太多的网，把自己困在网里，疲于前行，而忽略了生活中细微的美好。

清晨，我出门跑步，看见天空蔚蓝，飘着几朵云彩，像卷起的一朵朵浪花。立秋以后，已经有微微的凉意，阳光也不再如夏日那般刺眼，变得收敛很多。路边大片的蓝色喇叭花和紫茉莉披着晨曦蓦然绽放；南瓜藤上缀着金黄色圆滚滚的南瓜，碧绿的橙子挂满枝头，要把树枝压弯了似的；棉花地里枝丫上悬挂着柔软洁白的棉花……这些忽然映入眼帘的细小事物让我开心起来，尔后回味，依然美好。

细微的美好无处不在。譬如有一天我跑步时，恰好听到蒙曼的一本书《四时之诗》，声音圆润舒展，如同雨打绿枝的天籁之音。此书介绍了一些古人描写四时之景的诗，从“淑气催黄鸟，晴光转绿苹”的春季，到“荷风送香气，竹露滴清响”的夏季；从“露从今夜白，月是故乡明”的秋日，到“终南阴岭秀，积雪浮云端”的冬日，四时顺时而动，皆有其美，尽管算不上恢宏壮阔，但于细微处深入人心。

古人对于四季变迁、朝晖夕阴、时间流转的敏感度，是现代人望尘莫及的。很多时候，我们总觉得一眨眼便是一周、一月甚至一年，对身边细微的美好浑然不知。我亦是恍恍惚惚地成长了20多年，也忽略了很多触手可及的风景。

细想起来，除了大自然的四时之美，生活中还有很多细微的美好，给人以滋养和抚慰，让人沉静平和。如果能及时感受这些美好，我们的生活将富有诗意。

记得一次乘坐火车转车的间隙，我和朋友匆匆去了当地的历史文化博物馆。博物馆是一个让人褪去浮躁、静心凝神的地方，身处其中，我们细细地去欣赏、去感受陈设文物的肃穆和精美。这些文物散发着古老的气息，或造型独特，或技艺考究，或浑厚，或精巧。流连其中，我们时时感慨古人的审美意境和匠人智慧。那些花纹精美、工艺考究、造型栩栩如生的生活器皿，那些质地精良的漆器、瓷器、玉器，如琢如磨、温润透亮，于细微处展现惊心的美，让我的内心一次次悸动。

还记得一次随心所欲的旅行。我曾一个人在夏季的雨水中，避开游人如织的高峰，只身去苏州耦园，安静地在园子里徜徉。这时候方觉雨中的园林无处不美，此时此刻雨阔烟淡、庭院深深、植被茂盛，愈发显出园子的宁静。整个园子的布局错落有致，花草自然更替，鸟兽优哉游哉，让我禁不住陶醉其中，陶醉于这细微的美好、平和的静谧。

这样的时候，屋檐上的雨水像断了线的珠子坠落下来，亭亭如盖的枇杷树旁，葡萄涨绿、榴花耀眼，散发着特有的生机与活力。我坐在亭子里听雨打芭蕉的声音，看水中嬉戏的鸳鸯，宁静深远。平时熟读的文字浮现在眼前，我曾记下好看的建筑，用心的布局、点睛的手笔，我在耦园一一对上实物，逐渐于细微处融于自然，消弭疲倦。

后来我想明白了，无论是四时之美，还是文物匠心之美；无论是园林之美，还是生活中的琐碎细节之美，都有丰富细腻的一面。也许，这些美好一直都在我们的生活中，只是经常被忽略了。拥抱细微的美好，美好将无处不在。

和外公在一起的日子

傍晚的时候，一个人走在路上，一位老人和我擦肩而过，像极了我的外公。他身材清瘦，身姿挺拔，很是精神。我频频回头，不忍移开自己的视线，直到他的身影消失在路的尽头。我在心里暗暗地想：我的外公现在过得好不好？

长辈里，和我最亲近的应该就是外公了，在皖北那偏远的村庄里，外公是不叫外公的，而是唤作外爷。七岁以前的我基本是和外公外婆生活在一起的，那时候，我甚至对远方的父母也不甚依赖，以至于过年的时候，看见父母我都是怯生生的，不自觉地低头害羞起来，或者拽着外公的衣角躲到一边去。

外公永远是清朗的模样，他气色温和，脸上总是挂着和善的笑容，对每个人说话皆轻声细语。他衣着讲究，每一粒扣子，甚至腰带的位置都一板一眼，不论走路还是坐着，身姿都是笔挺的，很有精气神，浑身散发着书卷气和军人气。

据外公说，他十几岁的时候，和一群男孩子在村子里玩耍，恰好有一群“打仗的”军人路过村子，他羡慕极了，立马跑回家跟母亲汇报，从此便义无反顾地跟着这支队伍走南闯北，一走就是几十年。

他说自己在部队里学会了认字，喜欢上了读书，学会了做菜、开汽车。他参加过很多战斗，还认识了主动给他们做鞋子做衣服的贤惠姑娘，也就是我的外婆，他很感谢部队带给他的一切。

也许是常年在部队生活，外公养成了良好的生活习惯和高度的自律精神。他一年四季都是天不亮就起床，迅速地洗漱，把衣服被子叠得整整齐齐，几十年如一日，直至现在耄耋之年依然如此。

外公是一个勤快、心灵手巧、热爱生活的人。小时候，我和外公住在一起，家里有一个不太大的院子，外公用一整块一整块的石头砌起了院墙，还用篱笆围了一个小菜园。我们一起种了樱桃树、杏树、桃树；一起给青椒、黄瓜、茄子浇水，看他们一点点开出小花、结出果实；一起种鸡冠花、月季和木槿花，凑到花朵前去嗅它们的味道。在外公的浇灌下，院子里一年四季都氤氲着树的清气和花的芬芳。

夏季的夜晚，我们就把床和竹席搬到院子里。我躺在床上看星星，外公搬来小凳子坐在旁边，摇着蒲扇。身边凉风习习，舒服极了。

“你看，那是牵牛星，那是织女星，有一天，织女下凡，遇到了牛郎……”“那个时候，我们在山路上开车……”“那时候，战斗很激烈，也不知道以前的战友现在过得怎么样了。”

天阶夜色凉如水，卧看牵牛织女星。童年的很多个夏夜，我都是看着星星，听着外公的故事，在他的蒲扇带来的凉风中睡去的。

乡下的夜晚，大家都早早地进入了梦乡。整个村庄是那样安静、清凉，只剩下远处山峦的影子、满天的繁星和铺满地面的月色。

晨光熹微，天空像深隐森林中的蓝色湖泊，又好像是墨泼到宣纸上洇染开来。慢慢地，天光亮起来，院子里鸟鸣啾啾，花香四溢。

等到我开始上学的时候，外公早早起来给我做饭。有时候是热气腾腾的馒头和清爽的小菜，有时候是煮得柔软香甜的红薯，有时候是自己做的面片。有时候，外公会煮粥，把南瓜或红薯切成一块块，一同放进锅里煮。一层薄薄的白气从锅里飘出来，香气也跟着飘出来。有时候，外公给我煮鸡蛋茶来喝，类似于现在的蛋酒。

长大以后，看《舌尖上的中国》，我印象最深的是《日常》那一章节，我想大抵世间最好的食物是来自这平凡人家的日常烟火里吧。因为做饭的时候带着满满的爱意，带着殷殷的期待，带着十足的用心，所以味道总是那么温暖。这时候，我总会想起晨光熹微中，外公给我做的热气腾腾的早餐。

只是那时，自己年幼，并不能理解外公对这一饭一蔬的用心，只觉得日子平淡如水，对一切习以为常。

很多年以后的我，每天早上赶着去上班，只好在早餐店里匆忙吃点儿包子、热干面，或者随手买了油饼和豆浆当早餐，这时候，我总是无比怀念外公的爱心早餐，想念和外公在一起的日子。

黟县之秋

去黟县的那一天，天气真好，山是山，云是云，人是人。当汽车在林中自由地穿梭，沿途经过一层一层的茶树，茂密的竹林，色彩斑斓的乌桕，柔和的阳光打落在五颜六色的叶子上，闪耀着秋天的光芒。

这些美丽的景色便是塔川独有的秋意。塔川，依山而建，隶属于宏村镇，距离宏村仅两千米。到达宏村以后，我和朋友放下行李便迫不及待地出去走走看看。一路走去，远处的山峦影影绰绰，飞檐翘角的古民居沿河分布，层层叠叠，错落有致，一条清澈的小溪潺潺流过，给村子增加了几分灵气。

秋日的黟县，天高云淡，空旷辽阔，造型古朴的老树安静地伫立着，田野里有马儿在阳光下闲庭漫步，有满头银发的奶奶坐在院子里的摇椅上安详地午睡，有成群结队的鸭子、鹅大摇大摆地走过。傍晚，阳光渐渐柔和下来，远处炊烟袅袅，撒下一层尘世的安稳和幸福。

据当地人介绍，这些色彩斑斓的树叫乌桕树。由于树龄的不同导致叶子变色时间不同，树木地理位置不同导致阳光照射时间不同，甚至同一棵树的向阳面和背阴面阳光照射时间也有很大差异，所以树与树之间，同一棵树的不同叶子之间，由绿变黄或由绿变红，五颜六色。漫山遍野的乌桕，秋日和煦的阳光，白墙黑瓦掩映其中，格外好看，眼睛所及之处皆是美景，随手拍摄便是一幅精美的油画。

晚上，我们回到宏村。由于名声在外，这里的游人很多，熙熙攘攘。进入宏村便能看到南湖和汪氏家族修建的书院，坐在岸边，看对面的白墙黑瓦倒影在湖面上，和夜晚的灯光交相辉映，波光粼粼。夜晚的时候，走累的行人便停下来，寻一处安静的客栈，慢慢地品尝黟县特有的美食，臭鳜鱼、毛豆腐、野水芹炒香干、酥脆的黄山烧饼等都让人垂涎三尺，一杯辛辣滚烫的姜茶温暖着人心。我们坐在青石板上，看对面的行人熙攘和喧闹的生意，有一搭没一搭地说着话。

第二天清晨，当宏村慢慢苏醒，我们便出发去黟县西南的南屏村。因为交通不是特别便利，南屏的游人很少，但这也成了天然的保护屏障，使得这里的明清古民居和祠堂都保存得很好。

“青砖小瓦马头墙，回廊挂落花格窗。”南屏的明清民居、祠堂随处可见，是典型的徽派建筑，以中轴线对称分布，面阔三间，中为厅堂，两侧为室，厅堂前方称天井，采光通风防火防盗，也有“四水归堂”的吉祥寓意。砖雕的门罩，木雕的窗棂，寓意深刻的楹联，古雅、简洁、精致。

民居高墙封闭，黑墙白瓦，檐角飞扬，内敛古朴，无不体现出徽商既讲究气派又财不外露的谨慎态度。在幽深僻静的小巷子里走走停停，你会发现在房子的转角处，主人会把与人等高的墙壁磨掉，留出更多的空间供人行走，也体现出自己“让人”的和气，但是上面又留有棱角，体现出自己上下有原则有底线，细微之处无不体现着主人的谦恭之心和智慧。

在古朴的宅院里驻足停留，抬起头便能看见秋日的阳光从天井照射下来打落在斑驳的雕花上，有人物、山水、花卉以及各种吉祥图案。这繁复而精致的雕花之美，可以想见宅院主人的玲珑心思，既给人以审美的愉悦，也体现出主人们的美好愿望。用手去触摸精致的雕花，感受光阴的逝去，感受每一个院落的不同气息，有书香门第，亦有经商世家，有“课子课孙先课已，成仙成佛且成人”的楹联，也有正人心厚风俗、赏罚分明的叶氏家训等。

天气晴好的秋日，行走在老宅子里，光影变幻，明明暗暗，时间好像忽然慢了下来。去触摸精致的雕花，仔细看是西湖的美景，有苏堤春晓，有雷峰夕照，心里在想这家院子的主人生前曾有着怎么样的人生，一定是游历之后对西湖景色念念不忘，才会命人把西湖的景色雕刻在木门之上。而这一家的闺中少女是否寻得了意中人，这家的公子是否仕途顺遂，这一座座高墙之内的幽深宅院里又曾经上演过怎么样的故事和人生呢。这里曾有过的悲欢喜乐，爱恨纠葛，人事变迁，生老病死，繁华与凋落，也许最后都化为泡影，如梦如幻，只留下了这一座座安静的幽深宅院和上了锁的一扇扇旧院门，等待着后来人的邂逅。

那一杯风情

在中国，每个人的一生都和酒有着千丝万缕的联系，即使你是一个不饮酒的人，那一杯酒的风情也和你息息相关。人们在觥筹交错、推杯换盏之间，酒酣耳热，半醉半醒，欣欣然，或是怅怅然。

自古以来，无论达官显贵，还是三教九流，从帝王将相到贩夫走卒，从文人墨客到农夫渔夫，从闺中妇人到漂泊游子，从凡夫俗子到和尚道士，无不贪恋那一杯风情。诗人刘禹锡在《百花行》中说："长安百花时，风景宜轻薄。无人不沽酒，何处不闻乐？"短短几句就把长安城人们好酒的社会风貌描绘出来。

酒不仅是一种生活饮品，更是人与人之间沟通交往的媒介和催化剂。人们习惯用酒来呼朋唤友，用酒来解决问题，用酒来传递和表达自己的感情和情绪。官员之间在酒桌之上应酬，文人在饮酒之中畅叙幽情，朋友家人在酒之中迎来送往……长此以往，酒已上升为一种文化符号，并且形成了与酒相关的酒器、宴饮、歌舞、酒令及酒诗。

文人雅士的介入，使得饮酒更加艺术化，同时很多关于酒的文化和历史故事得以被记录和还原。

魏晋时期，饮酒之风盛行，也由此形成了逍遥的魏晋之风。面对时局动荡、人生无常，他们通过饮酒来承载对现实的无奈，消解对是非荣辱、生死苦乐的情绪，试图在酒中寻找彻底的逍遥和解脱。

竹林七贤喜欢饮酒，也留下了不少与酒有关的趣事。据记载，阮籍喝完酒之后常常“率意独驾，不由径路，车迹所穷，辄恸哭而反”。嵇康同样喜欢喝酒，自言平生“浊酒一杯，弹琴一曲，志愿毕矣”。山涛嗜酒，史载其“饮酒八斗方醉。帝欲试之，以酒八斗饮之，密益其酒，涛本量而止”。阮咸是阮籍的侄子，与其并称“大小阮”，为人善乐，好饮酒，放诞。史载其与宗人饮酒，“不复用杯觞斟酌，以大盆盛酒，圆坐相向，大酌更饮”。竹林七贤的率真、真性情在酒中尽显无疑。

到了盛唐时期，社会稳定，国富民强，经济繁荣，整个社会是一片欣欣向荣的景象。在这样的社会背景下产生丰富绚烂的文化，其中包括酒文化。

唐诗中对于以酒会友、知己畅饮的故事多有记载。诗人杜甫在《饮中八仙歌》中描述了其八位好酒的朋友，即贺知章、李琎、李适之、崔宗之、苏晋、李白、焦遂、张旭八位酒仙。他们尽管身份、年龄皆不同，却有一个共同的爱好，就是饮酒畅怀。

杜甫在诗中写道：“知章骑马似乘船，眼花落井水底眠……宗之潇洒美少年，举觞白眼望青天，皎如玉树临风前。苏晋长斋绣佛前，醉中往往爱逃禅。李白斗酒诗百篇，长安市上酒家眠。天子呼来不上船，自称臣是酒中仙。张旭三杯草圣传，脱帽露顶王公前，挥毫落纸如云烟。焦遂五斗方卓然，高谈雄辨惊四筵。”在这场狂饮中，几位志同道合的朋友各种醉态栩栩如生，欣喜可爱，知交之间浓厚的友情在推杯换盏中得以彰显和加深，也展现了唐朝社会的酒风之浓。

两宋时期，也有这么一个人，在月下独酌，平川纵横，高台放歌，诗酒趁年华。他就是宋代大文学家苏轼，在诗、词、散文、书、画等方面都颇有见地，是中国文学艺术史上罕见的全才，命途多舛，波澜起伏，却也豁达通透，是个无可救药的乐天派。

苏轼对酒的喜欢是深入骨子里的，在传世的三百多首词作中，酒就出现了九十多次。他和官员喝酒，和知己对饮，也和道士、村野之人共饮；他写词作画时饮酒，“吾酒后乘兴作数十字，觉气拂拂从十指中出也”；他月下起舞时饮酒，写一阙“明月几时有，把酒问青天。我欲乘风归去，又恐琼楼玉宇，高处不胜寒。起舞弄清影，何似在人间”的千古名篇；他被贬黄州，写下赤壁赋“苏子与客泛舟游于赤壁之下。清风徐来，水波不兴。举酒属客，诵明月之诗，歌窈窕之章。”

酒是苏轼一生的知己。在酒中有“会挽雕弓如满月，西北望，射天狼”的壮志豪情；有“几时归去，作个闲人，对一张琴，一壶酒，一溪云”的旷达情怀；也有“夜来幽梦忽还乡。小轩窗，正梳妆。相顾无言，惟有泪千行”的细腻柔情。

从诗文中不难看出，古人们的醉酒之作诉说着每个人不同的境遇与心情。酒伴随着人们生活的喜怒哀乐。他们在半醉半醒的蒙眬中，寻觅一种飘然如仙的审美境界和自在逍遥。

对于我个人而言，因不擅饮酒，所以我是不常喝的，只会在某一些时间和场合喝少许。而我的家人朋友却恰恰有很多是爱喝酒的，也有一些关于酒的故事。这些人之中，我的爷爷、外公、老师和我的一位好朋友尤甚。

身为铁路职工的爷爷一生好酒，一天三顿都是要喝些酒方才吃得下饭。爷爷去世之前的一年，因为意外的一次摔跤导致住院，又查出其他严重病症，医生反复嘱咐“老爷子一定要戒烟戒酒，保重身体。”起初的时候，馋酒的爷爷自然是不习惯的，为了老人的身体着想，家里人自然不太同意他喝酒，母亲就变着花样的做好吃的菜肴，试图弥补这种不能喝酒的遗憾。却不想，一日三餐，爷爷基本都不愿意动筷子，一顿饭下来基本吃不了几口，整日病恹恹，闷闷不乐。

后来，家里人想着他毕竟也是八十多岁的老人了，人生已经处在倒计时的阶段。一生就这么点嗜好，不如成全他，让他生活得开心些。于是，也不再阻拦他喝酒，家里人也尽量买好一点的酒给他喝，接下来的日子，久违的笑容又浮现在他的脸上，精神奕奕，身体也渐渐好起来了。也许，这样一杯酒对于爷爷这样的人而言就是食粮，是宁可不吃饭也要喝的。

我的外公自十几岁便开始参军，一生严格自律，他喝酒，却高度节制，收放自如。

童年时，我是和外公一起在乡村度过的，记得夏日的傍晚，地面上的热气渐渐散去，蝉鸣声停歇，微风吹拂，我们把桌子搬到院子里，一边吹着晚风一边吃着新鲜的蔬菜瓜果。忙完了一整天的活计，外公这会给自己倒上一杯白酒，一口一口地品着，满脸的笑容，眯着眼睛，神采奕奕，眼神里总是带着对当下生活的满足和欣慰。也许，从战争的烟火里走出来的人更懂得这样一杯酒的来之不易，所以倍加惜福。

比起爷爷的嗜酒如命，外公的小酌小饮，我的老师是馋酒的，他不挑剔酒的种类，也不挑剔下酒的菜肴和场所，唯一在意的是同饮者为何人。

老师爱写诗写文章，颇有文人意趣，自然生活中是离不开酒的。他为人热心肠，又善待年轻人。

记得，有次冬日到老师居住的城市出差，到达时已夜深，呼啸的北风让单薄的我在偌大的城市中倍感孤单。这时，老师专门到车站接我，一起去了一处僻静的地方吃夜宵。还专门去买了黄酒让店家温给我们喝。白日喧嚣的城市渐渐安静下来，夜晚的冷空气一阵阵袭来，煮酒的壶里冒着汩汩的热气，氤氲着整个小店。

时隔多年，我依然记得冬日里那一杯入口温暖熨帖的黄酒，也是我为数不多的一次饮酒经历。

不同的地域、不同的风土人情，有着不同的饮酒习惯。我的好朋友是江浙人，喜欢喝酒，却从不醉酒，带着南方人的温和收敛性子。每次和他一起吃饭，他总是会喝少许酒，搭着清蒸鱼和野生的螃蟹，或者是开心果、榛子都是可以当下酒菜，喝到微醺的状态，心旷神怡，褪去平日严肃板正的面孔，开始吐露一些真性情，颇有意趣。

历史浩渺如烟，人世变迁，而酒却是生生不息，风情万种的，我们在酒中得以见众生相、众生态。历史盛衰，生死苦乐，都在这样一杯风情中变得清澈。那么，在这样的日子，能饮一杯无？

立夏

“斗指东南，维为立夏，万物至此皆长大，故名立夏也。”到了立夏，意味着要告别春天，进入夏天了。

立夏至，一候蝼蝈鸣，二候蚯蚓出，三候王瓜生。即是说在这一节气中首先可听见蝼蝈在田间池畔鸣叫，接着大地上便可看到蚯蚓钻出地面。此时地下温度持续升高，阳气极盛，蚯蚓也出来凑热闹。然后王瓜的蔓藤开始快速攀爬生长。

立夏以后，冬小麦扬花灌浆，油菜接近成熟，水稻开始插秧，处在农作物生长的关键时期。因此，重视农业生产的中国自古就很重视立夏这一节气，甚至有专门的迎接仪式。周朝时立夏这天，帝王亲率文武百官到南郊迎夏，举行祭祀仪式，并指令司徒等官去各地勉励农民抓紧耕作。迎夏的君臣一律穿着朱色礼服，佩戴朱色玉佩，连马匹、车子上的旗帜都要是朱红色的，以表达对丰收的祈求和美好的愿望。

在民间，自古有立夏见三新的习俗。据《清嘉录》记载：“立夏日，家设樱桃、青梅、穗麦，供神享先。宴饮则有烧酒、酒酿、海蛳、馒头、面筋、芥菜、白笋、咸鸭蛋等品为佐，蚕豆亦于是日尝新。”如今，在很多地方，依然保有“立夏见三新”的食俗，只因每个地区不同导致具体的品类不同。有的地区为樱桃、青梅和麦子，有的地区为樱桃、青梅和鲥鱼，还有的地区是樱桃、竹笋、蚕豆等。虽然食材不同，却是一样美好的寓意。

立夏以后便是炎炎夏日，为了避免身体在炎夏中亏损消耗，人们在立夏日开始进补，注重养生养心。据说因为鸡蛋形状像心，人们认为吃了蛋就能补充心气精神，因此立夏吃“立夏蛋”。也有大人煮了鸡蛋用五彩绳包裹好挂在孩童的颈上，孩子们则可以玩斗蛋的游戏。人们这时候也吃笋，希望自己的双腿也可以像春笋那样强健有力，能走远路。而带壳的豌豆形状如眼睛，人们吃豌豆来祈祷自己的眼睛可以像鲜洁的豌豆那样清澈。立夏，人们用赤豆、黄豆、黑豆、青豆、绿豆等五色豆和白粳米煮成“立夏饭”，能够强身健体，更有气力进行劳作。也有地区人们喝“立夏茶”，吃“立夏粥”，顺应时令变化，享受美食的乐趣。

“纷纷红紫已成尘，布谷声中夏令新。”风儿带着微微的暖意吹着，吹落了一阵阵的落红，时时送来布谷鸟的叫声，它在告诉我们：春已归去，夏意渐浓。这时，树叶涨绿，如水的波纹荡漾开来。樱桃如玛瑙一样缀满枝头，玲珑剔透。石榴花开，如云如霞。我也毫不迟疑地遵循自然生长规律，感受时节变化，去山里尝了新鲜可人的樱桃，摘了酸甜的树莓，清炒了鲜嫩的蚕豆和豌豆，酿了青梅酒，带着新夏的清气。因为我深知，只有时间到了，只有在特定的节气，才能遇见这些美好的馈赠。

立夏，是二十四节气中的第七个节气，夏季的第一个节气。回归到节气本身而言，二十四节气是古人通过观察天体运行，认知一年中时令、气候、物候等方面变化规律所形成的知识体系，它堪称中国人文明的智慧和结晶。有秩序的节气和时间感，有利于人们遵照自然的规律去反观自身的气节或精气神，有利于自我的生长，有利于人们在时间的长河中打捞更多的成果。那么，去感受人和自然的心心相印吧，像农人一样，去平整土地，辛勤劳作，做立夏的事，在秋分自有答案。

深秋心语

提到秋天，比起文人墨客笔下秋风秋雨秋叶黄的惆怅和凄凉，我更喜欢唐代诗人刘禹锡的秋。“自古逢秋悲寂寥，我言秋日胜春朝。晴空一鹤排云上，便引诗情到碧霄。”秋天，除了秋风秋雨，也有气势雄浑的壮丽和高昂。

如果把四季比作人生，那么深秋便如人生之中年，他褪去了少年时期的稚气和懵懂，青年时期的莽撞，还未到老去的暮年，恰是最好的阶段。这时候，深秋如人一样，慢慢地沉淀，变得宁静致远。天高云淡，多了一份疏朗和澄净，少了一份浮躁和慌张。

这时节，枫叶渐红，金灿灿的银杏树叶飞舞，东篱清冽，百果已熟。我喜欢走出家门，一个人，一双腿，一颗心，一个背包，一个相机，说走就走。有时候，步行去图书馆看书或者随便写点什么，沉浸在书的世界，或者听笔尖落在纸上沙沙的声音；或者是去看一场展览，和古人来一场约会；或者去爬山，去到郊野之处看山看云，去看漫山遍野的金黄，去低下头聆听一朵花开的声音。

晴好的日子，空气中闪耀着耀眼的光芒，迷漫着金菊芬芳的味道。

而自己就像一只棉花被子，在暖暖的阳光里舒展开来，把身上的潮气和烦恼情绪一股脑地晒走，又松又软，充满着阳光的香气。

一个人安安静静地在路上走走停停，有时候也会慢慢地跑起来，让身体微微出汗。远山秋色如画，乌桕和银杏的树叶子在微风里摇曳，偶尔有几片调皮的，缓缓地飘落到脚跟前，我也毫不吝啬地把它们带回家做书签。这时候的我，和一棵树、一朵云、一只鸟儿是丝毫没有区别的，和自然融为了一体。

行走在路上，身边人来人往，有一蹦一跳穿着红色小裙子的女童，有背着书包嬉戏打闹的小学生，有牵着手深情缱绻的年轻男女，也有闲庭信步的白发老人。鸟儿在树枝上啁啾，猫咪在木芙蓉树下打着盹儿，而我将这些美景尽收眼底。

如果试着让自己的心慢下来，你会发现四季轮回的脚步是如此的清晰，一朵花开，一声蝉鸣，一串瓜果，一片落叶，春夏秋冬的变化丰富多彩，大自然启迪着我们蒙尘的心灵，告诉我们天地大美，广阔无垠。而这最简单、最纯粹的快乐，也将是人生画板上最温暖、明亮的底色。

孤独小记

记得幼年放学路上，鹅毛大雪簌簌飘落，我踉踉跄跄地回到家中，脚上的棉鞋已经完全湿透，脚趾头红肿起来，头发上沾满雪花和雾气。打开家门的那一刻，却发现家里空无一人，那一刻，我忽然觉得一种莫名的悲伤，那是一种童年和家人分离的孤独。

长大以后，认识了很多朋友。吃饭时，我注意到年轻人各自低着头刷着手机，微信的声音此起彼伏。那一刻，我觉得没有缘由的害怕和恐慌，赶忙冲向洗手间去照照镜子，仔细地去看看自己的脸和表情，想知道自己是否也如这般的状态和面貌。

也有时候，好朋友之间觥筹交错。当律师的同学讲着自己最近做成了一件很困难的案子；当会计的同学说着自己最近在着手注册会计师的考试；在国外的同学讲着异国风情；已经晋升为父母的人三句话自然不离自己的孩子。这时候的饭局，大家都在忙着诉说，鲜有人倾听，这便是语言的孤独，人际交往的孤独。

人其实都是害怕寂寞的，很多流连饭局和热闹场合的人并不是他们和朋友关系有多好，或者他们多么擅长社交，只是因为害怕寂寞，害怕一个人面对生活，试图靠这种饭局和聚会表面的繁华和热闹来逃避孤独。

陌上花已开，可是良人再也不会归来。

当我一头扎进一场轰轰烈烈的恋爱的时候，我也曾感受到前所未有的孤独。

两个人心平气和地决定好聚好散，如天空中的流云。当初我自云云人海之中独独看到他，而如今再将他好好的还回到人海中。

分开以后的一天傍晚，我从办公室走出来时，温柔的晚风吹起了头发和衣角，天空中是圆滚滚的落日和如羊群般的云朵。下班路上，看见附近的桃花愈加的好看，田野中开着一片片的野花，淡粉色的花瓣，缀着零星的绿叶子，有着自然的新鲜和清新。

在这样温柔和静谧的黄昏，面对着这样好的春日，我忽然特别想念一个人。我已经把他还回到人海中去了，心里是一阵的空荡荡和些许的惆怅，强烈的孤独感涌上心头。

这一刻，我才明白自此两个人一别两宽，各生欢喜。陌上花已开，可是良人再也不会归来。

事实上，我们每个人都是一座孤岛。

现代社会，高楼林立的城市森林和高效的工作节奏导致人们缺少足够的时间和耐心去培养情感关系，交际只是为了应酬，这些使人和人之间的关系愈加疏远，人和人之间心与心的距离越来越大。在这样的环境中，我们每个人身上都或多或少的有一些孤独的情绪。

比如，在人与人之间的交往过程中，当两个人歇斯底里地争吵或者冷暴力时，互相不理解时，心和心的距离变远了，因此会觉得孤独；

当我们在路上和一只小狗打着照面的时候，我们并不理解它在想什么，它也并不清楚我们的喜悦和悲伤，这时候会觉得孤独；

当我们在夜晚仰望星空的时候，面对着漫天繁星和皎洁明月时，在幻想月亮上到底有什么，在思考其他的星球上是否也有生命在看着我们，面对着浩渺的宇宙和星球，我们人类如此渺小和孤独。

法国思想家帕斯卡尔曾说：“人只不过是一根苇草，是自然界最脆弱的东西；但他是一根能思想的苇草。因而，我们全部的尊严就在于思想。”

因为人的孤独，我们开始仰望星空，产生了深邃的思想；而因为有了思想，人类便不再孤独。

一个人在孤独时间所做的事，决定了这个人和其他人根本的不同。

孤独不是空虚和寂寞，而是一种圆融的状态。

真正的孤独是高贵的，是一种长期的思考和积淀，是一种鲜艳的绽放。当一个人孤独的时候，他的思想是自由的，他面对的是真正的自己，人类的思想一切都源与此处。当一个人孤独的时候，自我的力量就开始觉醒，内心会变得越来越强大。

文人孤独的历史，就是他们理想求索的历史。孤独的心态大多是因为内心的坚守和当时的环境所不容造成的，于是选择从喧嚣归于平静和孤独，再无车马之纷扰，无名利官场之熙攘。

孤独，既是古代文人摆脱不了的精神困境，也是他们如玉如铁般品格的写照，这是中国文人几千年来最为优秀的传统之一。正是因为如此，我们才能在中国历史上听到清醒的声音和警世的呐喊。我们在阅读古人文章，感受他们的孤独和思想时，心灵才能一次次得到荡涤和洗礼。

一个人在孤独时间所做的事，决定了这个人和其他人根本的不同。

正是孤独，让我们区别于他人，变得出众。

生活在书房里的女人

坐火车南下的清晨，车窗外的村庄浸在薄薄的雾气中，河水里荡漾着芦苇纤细的影子，淡远空灵。我托着腮倚着车窗，这时候，好像又听到了温婉动人的声音，“绿草苍苍 / 白雾茫茫 / 有位佳人 / 在水一方 / 绿草萋萋 / 白雾迷离 / 有位佳人 / 靠水而居 / 我愿逆流而上 / 依偎在她身旁……”

这首诗意的《在水一方》是我的初中语文老师在一次晨读上清唱给我们听的，由此让我喜欢上了《蒹葭》，喜欢上了诗经，更喜欢上了阅读。很多年以后，关于中学时代最美好的回忆，还是懵懵懂懂的时光，面对繁重的作业和少女的无限烦恼，诗意的文字和老师清澈好听的歌声伴随着我，让我的心有了一方栖息之地。

记得老师特别喜欢读书，家里也有很多书。我们上晚自习的时候，她总是手不释卷，读到好的文章便摘录出来次日清晨和我们分享。那时，最幸福的时光就是抬着头，托着腮，听她给我们读文章。她在读《蒹葭》的时候，我就在心里暗暗地想“蒹葭苍苍 / 白露为霜 / 有位佳人 / 在水一方，啊，这位佳人不就在我的眼前吗。”

老师总是安安静静的模样，浑身散发着书卷气。她喜欢扎着简单的马尾，画一点淡妆，衣服也时常是清淡的颜色，如兰花一般，眼睛明亮如星子。

年轻的语文老师，是我在小县城里真正意义上接触到的第一个生活在书房里的女人。她身上有着和其他人不同的书卷气和静气，让人不自觉就喜欢起来。当然，也并不是受每个人喜欢。不知道，她晨读唱歌给我们听的事情不知道怎么就传到严厉的班主任那里了。一次上课时，班主任含沙射影地批评道“某些老师，不好好辅导学生们备考，就知道天天领着学生玩儿，这成绩能提高吗。”于是，后面，我再也没能听到这动人的声音。每每想起，都倍觉遗憾。

书房是私有的地方，宁静、神秘、带着时间的静息。年岁渐长，读书增多，也知晓了更多生活在书房里的女人。书房是她们的心灵栖息地，是属于自己的一片乐园。

弗吉尼亚·伍尔夫曾在一封信中这样写道“有时候，我想，天堂就是持续不断、毫无倦意地阅读……存在于那种完全消除自我的阅读状态中。”她曾如是憧憬“一个人自己的房间”“对于妇女而言，即使仅有一间陋室，亦可庇护她们免受家人横加干扰之苦。”

英国作家玛格丽特·福斯特有着自己的阳光书房，“当我走进这间屋子时，我发誓我变成了另一个人。春暖花开时，满园的花色尽收眼底，香气宜人。我沉浸于清晨的写作时光中，周围静谧安宁，空气中没有嘈杂的声响，像是被隔绝于尘世之外。”

出生书香门第的作家朱天文也是生活在书房里的女人。她的书房窗外绿树成荫，郁郁葱葱，阳光透过窗子洒落在老榆木书桌上，时光流转，暗香浮动，桌子上的写作手稿散发着淡淡的墨香，一只可爱的猫安静地伏在案台上，岁月静好。她曾自述道“书房可以帮你在大风大浪里找到一个定风珠，很安定。”

每当去朋友家里做客，也往往会被她们的书房所吸引。有的简约，有的古意，有的考究，有的温婉……流连其中，整个人也霎时安静下来了。

至于我自己，纵然还未有别致的书房，一直有睡前阅读的习惯，白日越是忙碌奔波，夜晚更是喜欢捧一本书安安静静地读着，享受独处的时光。这时候，夜色静谧，无案牍劳形，无丝竹乱耳，身心皆安。有人言“读书随处净土，闭门即是深山。”书中有山水，书中有草木，书中亦能觅得知音，“从诗三百中涉水而来”或“从南山下携着一束菊花而来”，无论贫贱富贵、年龄长幼，相见恨晚，皆可称为良友。

书给人以知识，给人以智慧，给人以快乐，给人以希望。生活在书房里的女人，有一方属于自己的清净世界。置身其中，有着无限的宽阔自由和气象万千。

桐花谣

凤凰鸣矣，于彼高岗。梧桐生矣，于彼朝阳。

又是一年清明时节，桐始华，皖北的这座小城地处淮河之边，弥漫着春日的温柔气息。迎着温暖的朝阳，一个人徜徉在其中，春风拂面，温柔至极。所到之处，满眼皆是绿意。

远处是青山隐隐，山一程，水一程，是菜花黄梨花白桃花红，是柳树的新绿，是槐树绿油油的树叶子，是樱桃树上缀满的小樱桃。

小城虽然不大，却也十分规整。宽阔整洁的街道两边满布着高大的梧桐，高大的枝干，挺拔地耸立着。粉紫色的梧桐花开得正盛，像小喇叭的样子。远远看过去，如同一团团粉色的云雾，伴随着生长着的嫩绿树芽。

桐花不但好看，而且香气袭人。这隐隐传来的氤氲暗香，宛如一颗暗恋的心。

很多年后，晓桐重新回到这里，恍如隔世，忽然觉得前所未有的安心和清澈。

“苍苍梧桐，悠悠古风，叶若碧云，伟仪出众。

根在清源，天开紫英，星宿其上，美禽来鸣。

世有嘉木，心自通灵，可以为琴，春秋和声。

卧听夜雨，起看雪晴，独立正直，巍巍德荣。”

晓桐想起小时候外公经常给她念的这些句子，想起记忆中的那颗梧桐树：春日里是一片粉色的桐花，盛夏时节是一抹浓荫，秋日时是满地落叶和缀满的梧桐果，冬日里是皑皑白雪覆盖的老去的枝干，月光下是一片温柔的树影，雨水中是令人心安的静谧。

梧桐花开，有凤来仪

九十年代初期，正处在中国社会的转型时期。这一年，一个叫汪国真的诗人出版了他的第一部诗集《年轻的潮》，迅速传播，风靡全国。这一年，台湾歌手罗大佑的《恋曲 1990》风靡各个城市，少有的电视中回响着他的歌声：“乌溜溜的黑眼珠和你的笑脸，怎么也难忘记你容颜的转变，轻飘飘的旧时光就这么溜走，转头回去看看时已匆匆数年……”这一年，晓桐在这座小城出生，是四月的好天气。

外公说，晓桐出生的时候是在傍晚，落日缓缓地落下去，残阳如血。家门口的梧桐树，高大挺拔，直耸入云端。枝头上缀满了粉紫色的梧桐花，香气袭人。有风吹过，飘摇地落下来，好像一场梧桐雨。鸟雀落在树上，清脆婉转。

对于幼小的晓桐来说，这个四面环山的村庄便是她的整个世界，家门口的梧桐树便是她最好的朋友。

春天，她在梧桐树下捡拾粉色的桐花。夏天，她在枝繁叶茂的梧桐荫下纳凉吃西瓜。秋天，她调皮地在树下一脚一脚地踩着金黄色地落叶，笑声烂漫，如银铃般在山间回响。冬天的时候，梧桐树上落满了厚厚的积雪，她穿着外婆纳的绣花棉鞋，带着家里的小狗在梧桐树下踏着雪，留下了两串小小的脚印。

午后的穿堂风吹过，一晃就是五六岁，晓桐已经到了入学的年龄。

七月，红了樱桃，绿了芭蕉。远方的父母乘坐火车赶回家来，商量着要把她接走。她隐隐约约地听到父母和外公经常说着悄悄话，她听到外公偷偷打量她时的一声声叹息。

那是她第一次真切地感受到悲伤，不再有烂漫的笑容。她一个人去梧桐树下徘徊。穿着白色棉布裙子和红色凉鞋的晓桐小小的影子，在高耸的梧桐树下显得如此单薄和孤单。

午后，暴烈的太阳当头照，暑气蒸腾。门口的梧桐树生长的愈发高大挺拔，叶子葱葱郁郁，在烈日下撑起一片阴凉。太阳光透过如手掌般的树叶子，投下星星点点的光斑，这些光斑有的像绵羊，有的像一朵云，有的像一颗心……晓桐在梧桐树下看这些光斑，觉得又有趣，又凉爽。

当热气渐渐消散，黄昏爬上山头，外公给晓桐搬来了竹床，用井水冰好西瓜，切好拿来给晓桐吃。还有夏日的红色浆果，桃子，都是从山上摘来的，新鲜可喜。

躺在竹床上的晓桐，在梧桐树下的浓荫里渐渐地睡着了，在梦中喃喃自语。

“梧桐，梧桐，我就要离开这里了。我会一直记得你的，你会记得我吗。”

“梧桐，梧桐，外公也要去城市里舅舅家居住了。以后只剩下你了。”

“梧桐，梧桐，等我长大了还会回来看你。”

寂寞梧桐叶，深院锁清秋

时光就这样不紧不慢地过着，一眨眼，晓桐要大学毕业了，当初那个爱发呆的小女孩已出落成 23 岁的姑娘。

那年秋天，晓桐在紧张地准备着研究生的考试，日复一日地过着苦行僧般的日子。也许累的从来不是连续半年单调的备考生活，而是不被理解。彼时，晓桐把生活中所有的赌注都投掷在这场考试中。

投简历的单位已频频催促着去签约，爱情未卜，心心念念地研究生考试结果还未知，身体却抱恙。晓桐的心里好像住着一只蚕，昼夜不停地在吐丝，直至把自己完全的围困住，解脱不得，触不到希望和亮光。

在很长的一段时间里，晓桐的心里失去了光，脸上失去了笑，一度怀疑自己是不是患上了抑郁症状。心乱如麻的晓桐决定回到山里，回去看看已经老去的外公和门口的那颗梧桐。

彼时是九月，正是秋高气爽的好时节，可是晓桐的心情却轻松不起来，不知道该何去何从。

一路从南到北，火车缓缓地在京九铁路线上穿行。

回到久违的山里，一切还是那般模样。村子里的炊烟袅袅，牛羊成群，田园巷陌，鸡犬相闻，一片喜庆和吉祥。

门口的梧桐树比起小时候更加高大挺拔，黄色、碧绿色、橘黄色的树叶子相间其中，树上缀满了毛茸茸的果子。

早晨醒来，发现院子门口落满了树叶子和如铃铛般的果子。

黄昏的时候，阵阵晚风吹过，叶子随风飘落，踩上去沙沙响，软软的，绵绵的。

“梧桐，梧桐，我长大了。我回来了。你还记得我吗。”很多年，都未曾这样和梧桐说说话，或者拥抱一下。

在山里居住的这段时间里，晓桐经常搬着凳子坐在树下读书。一本接一本，从晨光熹微到暮色沉沉，她沉浸在书海中，希望得到内心的滋润和慰藉。

也许，新生真的就是一瞬间的事情。

也许，是书中的知识开解了晓桐；也许，是山中的宁静让晓桐浮躁的心绪渐渐平复下来；也许，是梧桐无声的陪伴，让晓桐前所未有的心安。

夜晚，她树下踱步，念着书中的句子，在这样的月夜，月光打在稀疏的梧桐叶上，泛着闪亮的光，温柔而美好，一切豁然开朗。

“萧疏桐叶上，月白露初团。滴沥清光满，荧煌素彩寒。

风摇愁玉坠，枝动惜珠干。气冷疑秋晚，声微觉夜阑。

凝空流欲遍，润物净宜看。莫厌窥临倦，将晞聚更难。”

枝枝相覆盖，叶叶相交通

时光如水，白驹过隙。晓桐辗转了很多城市，最后在南方的一座小城市停下脚步，开始稳稳的生活。

她在这里工作，她在这里生活，她在这里开始了自己的爱情。

初见时恰逢凤凰山的粉色梧桐花开，彼时还是年少，她分花拂柳而来，在喜欢的男人手心里画了一个心，让他心弦拨动，肺腑滚烫。

在这个很小很安静的城市里，她喜欢的这个人也曾带着她去山上看落日，也曾带着她吹着晚风，看山边的桐花开开落落，梧桐树叶由黄转绿。

喜欢的这个人也曾和她一起开心饮过酒，也曾一起有过誓言，也曾一起看过三月的桃花烂漫，也曾并肩而立在亭子里看雪花飘落，也曾一起在山中漫步看月光看星星，也曾有过温柔的月色、温暖的怀抱和如水的眼神。

爱情终究是一场天时地利的迷信。和喜欢的这个人因为一些现世的原因并不能走在一起，他终究选择离开了，这场迷离的梦也醒来了。

很长一段时间，晓桐都在想这是不是真的只是一场梦，可是走过的路提醒着她这一切都真真切切地存在过。在无数个暗夜，晓桐曾辗转反侧、悲伤不已，也曾心有不甘，也曾自我怀疑，终究还是走出来了。

既然曾经爱过，那么在一起的所有好的坏的都将是一段美好的经历，是人生中的一笔宝贵精神财富。爱情，给人以甜蜜和忧伤，也让人成熟和成长。

“东西植松柏，左右种梧桐。枝枝相覆盖，叶叶相交通。中有双飞鸟，自名为鸳鸯。仰头相向鸣，夜夜达五更。”晓桐记得，自己曾给身边的这个人感叹生当长相思、死后才得以团聚的刘兰芝和焦仲卿，开玩笑说以后两个人不会也是这样子吧。也许，命运作弄人，一语成谶。

也许，此生既无“夫妻相对，恰似鸳鸯，双飞并膝，花颜共坐；两德之美，恩爱极重，二体一心”的缘分，那么就“解怨释结，更莫相憎；一别两宽，各生欢喜。”“相离之后，重梳蝉鬓，美扫蛾眉，巧逞窈窕之姿，弄影庭前，美效琴瑟合韵之态。”

很多年以后，每当看到松柏梧桐的依偎，枝繁叶茂，鸳鸯合鸣，夜夜到五更，晓桐的心为这样爱而不得的爱情所悲伤。这时候，树叶子总是在风中摇摇晃晃，落了一场雨。

时间如水一般，缓缓地流淌，生活还在不紧不慢地继续着。只是此时的晓桐已经不再是儿时的那个五六岁的小女孩。当你经历过一些事情的时候，眼前的风景已经不同了，而我们跳进的生活的大海也已然改变。

如今，当晓桐重新回到外公家，外公已经九十多岁了，越来越苍老，不变的是温和清澈的笑容，时刻给晓桐前行的力量，让她一次次地获得慰藉和心灵的洗涤。

如今，家门口的梧桐树愈发的高大挺拔，却也在几十年的风雨中变得千疮百孔，不变的是树上一簇簇紧紧依偎的梧桐花。那种相依的温暖更让人心生暖意。桐花花色紫白，花味清香，自然朴素的在春光里微笑。

回望自己的短暂的童年和青春，仿佛已过了半生。梧桐树，是一颗思念的树，是一颗爱情的树，是一颗不动声色的树。

当初幼小的女孩笑容如银铃般，在此树下；青春时心中苦闷沉浸读书得以开解的日子，亦对此树。近日梦境相寻，又被它惊觉了，桐花粉白，一簇簇，如一团团云朵，默然盛开，寂静欢喜。

第二辑　从前慢

从前慢

雨水

今年的雨水似乎很多，连绵不绝，没有停歇的意思。谷雨这一天的清晨，在潺潺的雨声中醒来，心里格外安静，拿起枕边的一本书来读，慢慢沉浸其中，有天荒地老的安定感。

雨声淅淅沥沥，如丝线一般，连接着从前和现在，恍惚让人想起了一些关于从前的慢和静。

童年时，我生活在山里的小乡村。夏日的午后总是漫长的安静，常常一个人搬上小竹椅坐在梧桐树的绿荫下看书，树叶子上细碎的阳光欢快地跳跃着，蝉鸣声覆盖下来。不远处，是一口小小的池塘，开着好看的荷花，粉色单瓣，朴素自然。远处是一重又一重隐隐的山峦。记得，那时总是有一场场阵雨猝不及防地袭来。狂风吹得树叶子哗哗作响，突然从天而降的大雨点噼里啪啦地打在屋檐上，落在干燥的泥土上，卷起湿润的水汽。雨滴打落在粉色的荷花、亭亭如盖的荷叶上，惊起了迅速跳入池塘的青蛙。

在树下看书的我，因为有着枝繁叶茂的大树遮挡，并没有立即变得惊慌，也没有被完全淋湿。于是，摘了池塘边离自己最近的一片圆圆的荷叶遮在头顶抱着书便跑开了。

下雨天的夜晚，乡间的小河里涨满了水。有水的地方就有蛙声，夜晚便枕着风声、雨声、此起彼伏的蛙声入眠。

花草

在故乡的院子里，家家户户都是会种些花草的，比如月季、凤仙、栀子、鸡冠花等，菜园子里种一些西红柿黄瓜青椒茄子之类的家常果蔬，园子的篱笆上常常爬满了蓝色的牵牛花，每一朵花都像是望向天空的眼睛。

夏天的黄昏，从学校回到家，便和两个小玩伴约好一起去摘凤仙花，一瓣瓣地揉碎，挤出嫣红的汁液染在指甲上，是那种浅浅的水红色，可惜持续不了两天颜色便褪尽了。

和我相好的女孩里，其中一个名叫雪琴，眼睛大而明亮，扑闪地眨着，皮肤白白的，真如她的名字雪一般。她奶奶家的院子里有一棵月季花树，比我们都高很多。每到夏季，树上缀满了粉色的月季花，每一朵都开得那样饱满，清润厚实的花瓣，散发着淡淡的香气。远远望去，如一朵朵彤云。这一树的繁华盛开，于小时候的我而言，恍如一场繁华而绮丽的梦。有时候也会摘一些花朵，拿回去养在白瓷碗的清水里，也会把一片片的花瓣夹在语文课本里，这样，一页页的书里便浸润着若有似无的花香。

而在田野间，花草俯拾即是，黄色三瓣的歪头菜、薄薄丁（蒲公英）、狗尾巴草、深紫浅紫的二月兰，可以吃的毛针草，软软的，有一丝丝的甜。这些一花一草，温柔素净，虽然极其普通和渺小，不为人所注意，却也在田间地头生机勃勃地绽放生命，兀自生长。

夜色

乡村的夜是有声音的。仔细听，有晚风吹着树叶细碎的声音，有周边虫鸣的嘶嘶声，有灯火里左邻右舍闲话家常的声音，有小孩子在村子里追逐着打闹的声音。再仔细听，静谧的夜，有露珠滚落的声音，有萤火虫窃窃私语的声音，有树叶子在地面上翻滚的沙沙声。

夏天的夜晚，我们常常睡在院子里的竹床上，外婆在旁边一边摇着蒲扇，一边讲着从前的故事，讲着她的外婆从前的故事，讲着她自己童年的故事，那些从前对小小的我是何其的遥远。而如今，我的童年也变成了从前。正如有人说的那样，“我们原本都是从从前走过来的，然后慢慢变成从前，这便是人生。”

时间如涓涓流水向前涌动，那些从前的慢和静也慢慢隐去，成了遥远而亲切的回忆。时常怀念和着此起彼伏的蝉鸣在浓荫下读书的悠长而缓慢的日子，时常忆起田野间那些渺小却依然生机盎然的花和草，也时常忆起从前外婆给我讲的有关从前的故事，想起从前慢。

极简之美

近期在读的一本书叫《断舍离》，里面这样写道：设想自己在未来不确定的某一天死亡，我们要如何度过剩下的有限时日，用“人生清单”的形式倒逼到现在，让自己的人生过得轻松不留遗憾。那么，放手不需要的物品，进行断舍离，有所取舍，知道对于自己最重要的是什么，选择真正适合自己的，保持简单而愉悦的状态。

忽然想到自己以及和自己很相似的很多人，年轻的时候喜欢繁复华丽的美，一直不停地在做加法，衣柜里的衣服越来越多，房间里的物品日益堆满，人际往来越来越多，生活渐渐被满溢的物品和轰炸的手机信息吞没，让人时时感觉焦虑和不安，渐渐迷失心中的宽裕和专注。

当三月的春风带来了春日的气息，当我开始脱去冬装换上春装，却在衣柜里找衣服时花了很长的时间，有一些衣服买了很久却从未穿过，有一些“穿之无味弃之可惜”的鸡肋服装，再看看房间里还有很多诸如此类的物品，俯拾即是。于是，我开始下定决心对家里进行彻底的清理，与其说是对物品的整理，不如说是对自己人生的一个整理。

“鷦鷯巢于深林，不过一枝；偃鼠饮河，不过满腹。”鷦鷯在深林里筑巢，林子再大，也不过只能占其中一枝；偃鼠到黄河里饮水，黄河再大，也只不过只能灌满自己的肚子。

而我们何尝不是如此呢。学做生活的减法，轻装上阵，删繁就简，让心渐渐变得澄澈和空灵，享受极简之美。

关于极简之美，中国历史上的诸如瓷器、水墨画等都做了完美的诠释。

在中国的瓷器中，我最喜欢秘色瓷。“九秋风露越窑开，夺得千峰翠色来”，这句诗说秋天的越窑开窑了，釉色如同千峰翠色，晶莹润泽，是让人惊心的美。“巧剜明月染春水，轻旋薄冰盛绿云”，这句诗是说制瓷如同巧妙地把明月从春天的水波中剜出来，轻轻地旋转水上的薄冰来盛装映照了春天绿色的云彩。

无论是“明月春水、薄冰绿云”的秘色瓷之美，还是定窑的“白”，还是汝窑的“雨过天青”等，都以色彩、造型、质感的简约反映了彼时人们的质朴美学。

而这样的美学也体现在山水画之中。北宋杰出的画家郭熙，每次画山水之时，都要等内心澄明如镜时，才肯下笔。有时第一笔落下后，仍觉得内心还不够纯净，就会焚香静思，可能等上五天，也可能是十天、二十天，将神与意集中到一个点上，才去接着画。所以他的画里，总是有一幅静气和安然的美，画出“远近浅深、四时朝暮、风雨明晦之不同”，优美动人，兼具高远、深远、平远之意境。

南宋的马元多作“一角”“半边”之景，曾画了一幅山水画《寒江独钓图》，画中只有一老者、一叶扁舟而已，船旁边是寥寥数笔勾画出的水纹，其他皆是留白。这样极简的构图却是以少胜多的别致，让人觉得江水浩渺之感，有空疏寂静的意趣。

这一件件精良的瓷器、一幅幅绝美的画作，无不体现出主人的澄明心境和怀素追求，是一种哲学式的深邃和空灵。

至于我自己，独处的时候，也总是在凝神歇息停下来的片刻，思考手上的事情是否可以和树上繁杂的树枝一样被修剪掉，让自己变得清清爽爽，利落干净，然后把省下来的时间和精力用在最重要的人事之上。因为只有这样，当我们回望过去时，才会看到枝繁叶茂的一棵大树。

芍药花开

清晨从睡梦中醒来，看见书桌案头的芍药花骨朵儿慢慢舒展开来，开了少许，粉色的花瓣层层叠叠，是繁复的美。袅袅婷婷，宛如温柔绮丽的少女的心事。

中国古人关于芍药的记载，最早见于诗经“维士与女，伊其相谑，赠之以勺药。”描述了上古时候，暮春时节，少男少女在水边嬉戏游玩，和喜欢的人含情脉脉、互赠芍药以表达爱慕之情和别离之情。少男少女陶醉在这样一片烂漫的春光里，彼此的爱情在心底慢慢滋长。

芍药因其柔软和娇媚，有小女儿之姿，颇受文人的喜爱，更多的是将芍药和自己的内在情感相结合，或是表达美好的祝福，或者表达别离，或者托物言志。

“凡卉与时谢，妍华丽兹晨。欹红醉浓露，窈窕留馀春。孤赏白日暮，暄风动摇频。夜窗蔼芳气，幽卧知相亲。愿致溱洧赠，悠悠南国人。”

唐朝的柳宗元曾这样描述芍药的美，暮春时节，当百花渐渐凋零，清晨的芍药娇媚无比，摇曳生姿。夜色如水，芍药隐隐的香气从窗外袭来，让已经入睡的人心生荡漾。这样美好的夜晚，让人想起上古时期少男少女互赠芍药的爱恋之心。

在宋词中，芍药更是受到词人青睐。

“人间花老，天涯春去，扬州别是风光。红药万株，佳名千种，天然浩态狂香。……结蕊当屏……红遮绿绕华堂……幽意难忘。”是晁补之的扬州芍药，风姿绰约，香气袭人。

“一夕轻雷落万丝，霁光浮瓦碧参差。有情芍药含春泪，无力蔷薇卧晓枝。”是秦少游眼中带雨含泪的芍药，娇艳动人。

“二十四桥仍在，波心荡、冷月无声。念桥边红药，年年知为谁生？”。是姜夔的芍药，是满眼满心的悲伤。

“笑拈飞絮罥金钗。洞户华灯归别馆，碧梧红药掩萧斋。顾随明月入君怀。”是贺铸的芍药，温柔无比。

很多时候，当我看到盛开的芍药，一丛一丛的繁盛，我总是会驻足流连，甚至萌生效仿湘云醉卧芍药花下的念头，自是风流和潇洒。

初次读《红楼梦》的时候，便爱上了这个醉卧芍药裀的姑娘。一日，史湘云酒醉之后，竟在一处僻静的青石板上睡着了，香梦沉酣，憨态可掬。旁边的芍药开得正盛，在风中纷纷扬扬地飘落，花瓣落了一身，满头满脸衣襟上皆是红香散乱，手中的扇子掉落到地上也被落花掩埋了。画面美的惊心。

也许，美人与花本就是相互映衬的美。娇媚的芍药愈加映衬着史姑娘的纯真和性情，而湘云的潇洒更显芍药的女儿之姿。

而我案头的芍药是简简单单的几枝，有的是圆滚滚的花骨朵儿、点点如离人泪，有的是刚刚舒展开的娇羞模样，有的是难收难管的烂漫繁盛，犹如一场迷离的梦。

四月的天气，春风满面，阳光慵懒，适合做梦。而这时候的梦，宛如芍药花的隐隐的香气，让人觉得怅惘。

今年花胜去年红，可惜明年花更好，知与谁同。赏花的时候，我也会想起曾经一起携手看花的那个人，如今又在哪里呢。而明年的花也许会开得更好，身边一起看花的又将是谁呢，燕子楼空，佳人何在。

古今如梦，何曾梦觉，但有旧欢新怨。你看，千百年前，也是如此的花开，如此的物是人非。当我们在为古人感慨时，我想，以后的人也会为我们而慨叹吧。

从先秦到唐宋，芍药花一路款款、旖旎而来，来到我的案头，如梦如幻。也许，永恒的是芍药花开，而短暂的是人世变迁。

回望案头的几枝芍药花，蓦然地绽放，舒展开来，既静又美，潋滟的粉色，繁复的花瓣更显娇媚。薄薄的花瓣，层层叠叠，错落有致，如少女睁开惺忪的双眼，好奇地打量着这个世界，娇媚又恬静。

蒙养生活

近日在读水墨画家林曦的《谈艺录》，里面提到石涛的《苦瓜和尚画语录》中讲的“蒙养生活”，也是石涛“一画论”的核心。

“蒙养”“生活”首次出现于《画语录·笔墨章第五》：“墨非蒙养不灵，笔非生活不神。山川万物之具体，有反有正，有偏有侧，有聚有散，有近有远，有内有外，有虚有实，有断有连，有层次，有剥落，有丰致，有飘渺，此生活之大端也。故山川万物之荐灵于人，因人操此蒙养生活之权。”

据说，“蒙养”出于《周易》：蒙，卦名，六十四卦之一，象征有蒙昧初开的含义。石涛借《周易》的“蒙养”一说，以笔墨之名而论画家的修养及画理。人之所以能感受到山川万物的神韵灵秀之气，是因为人有较高的修养能观察感受到自然物象本质的美。

我所理解“蒙养生活”的意思是以高深的修养去观察、体会自然物象，是一种专注、一心一意的生活观。

如今，微信、微博、抖音小视频和各种新闻信息围绕着我们的视线，打开手机我们的大脑就被充斥着各种各样的信息，有正确的也有错误的，有有用的也有无用的，这些大量的信息无不在充斥着我们的眼睛、耳朵、大脑和心灵，分散和消耗着我们的精力，让我们无法专注当下的一件事或者是一个人。

试问一下自己，你有多久未曾安静地阅读完一本书了呢。你有多久没有用心地去品尝地一顿美食了呢。你有多久未曾留恋在曼妙的风景和沉浸在一场旖旎的曲子里呢。你又有多久未曾心无旁骛地去完成一件事情呢。你又有多久未曾一心一意地去爱一个人了呢。

当我们捧起一本书准备阅读的时候，此起彼伏的手机微信声音让我们忍不住时时拿起手机翻看消息，结果一不小心浏览朋友圈就花去了几个小时，而手上的书本还停留在刚打开的那一页。当我们面对一餐美食时，不是平心静气地感受食物带给我们的味蕾享受，而是用手机一直在拍照片，沉浸在分享美图的欢愉里，而忽略了食物的美味。当我们出门旅行，徜徉在一处人文景观或自然风景里，总是忍不住的自拍，拍照片拍视频，然后进行美颜以后分享到网络平台上，甚至忘记了我们旅行最初的意义……这样本末倒置、心不在此的事情经常充斥在我们的生活中，让我们不能活在当下，集中精力专注于手边事、眼前人。

这样的事情也经常出现在我的生活里，有时深夜看微信，一不小心就过去了两个多小时，很晚才入睡，睡眠质量不好，导致第二日清晨顶着黑眼圈工作或学习，精神状态不佳，做事情无法专注，陷入负面的循环里。

后来，我开始拒绝无意义的社交，拒绝无意义的看手机，除了必要的联系和信息回复，就不看手机，不被手机所控制，不参与闲聊，不被社交和外界的信息捆绑自己，分散自己的能量和精力，开始从眼前的小事做起，专注地、安静地完成工作、写一篇文章、跑步 5km、完成一项手工，专心地和朋友去享用一顿美食佳肴，认真地听一场旖旎的昆曲，身临其境地感受山间日色和天地大美。

我想，当自己的这碗水彻底清澈下来，安静、专注于当下，回归本真的自然状态，就是“蒙养生活”。

夏日光芒

没有哪个季节比夏天更具有少女气息了。暑气蒸腾的午后，树叶子在晃眼的阳光下闪闪发亮，闪烁着夏日的光芒。天空中的云朵纹丝不动，嘶嘶的蝉鸣像黄昏一样覆盖下来。晚饭花安静地盛开着，夜晚的空气迷漫着花朵香甜的气息和花露水的味道。

十七岁那年，我在门城读高三，扎着高高的马尾，穿着蓝白相间的校服裙子，温柔又可爱。

当白昼渐长，太阳的直射点由赤道向北回归线渐渐移动时，天气开始热起来。傍晚来临的时候，我回想自己的一天，也算是有了着落。今天做了六套试卷，整理了容易做错的数学题目，一笔一画地写在本子上。

下午的最后一节课铃声响起时，我喜欢一个人在校园散步，看远处的落日如何一点点地消减。有时候我会去球场看穿白 T 恤的男孩子打篮球，抢球时的激烈声，篮球和地面接触笃笃地声响，投篮时的欢呼雀跃声。有大胆的女生给自己心仪的男孩子递上清凉的饮料，并体贴地用毛巾给对方擦汗，如莲花一般的笑脸在黄昏的晕染下更加温柔好看。

当然，这一切的快乐都和我无关，我是一个高三的女生，心里郑重其事地告诉自己：我要为了重点大学努力。

热气蒸腾的午后，沉闷的教室里，悬挂的电风扇吱吱呀呀地转动着，带来丝丝的风，却也并不凉快。为了节约时间，大家就这样枕着自己的胳膊在教室里短暂地午休一会儿提神，以维持下午和晚上的课程。

窗户外面是永不停歇地蝉鸣和炙热的水泥地面，炙热的阳光从树枝丫上打下细碎的光斑，中午的校园异常安静，只有一棵棵寂寞的树和一朵朵孤单飘荡的云。

当下午两点钟的铃声叮叮当当地响起，我们纷纷地从桌子上起来，揉着惺忪的双眼，振作地打起精神，脸上还有枕着胳膊睡觉留下的深深浅浅的痕迹。

当教室的门忽然被推开，一股热浪从外面袭来。又瘦又高的数学老师意气风发地走进教室，腋下夹着一摞卷子，带着大大的眼镜，厚厚的镜片。高三的数学老师是我见过最瘦的男人了，他个子很高，显得更加瘦削，整个人装在衣服里显得空空荡荡。

“同学们，现在我们发一下这次的月考试卷。”

“艾米，145分，将近满分了呢。真的很不错”，老师的眼神忽然熠熠生辉，闪着光亮一样。

……

我在课桌上把头埋得很低很低，试图让自己不被注意到。是的，数学一直以来都是我心中的一根刺，它让我自卑，足以摧毁青春期的我所有的自信和骄傲。

“小绿，91分，作为数学课代表，可是要加油了啊。”

“哦。”我用自己都听不到的声音回答道，鼓了很大的勇气走向讲台，接过手中的试卷，大红的分数醒目地矗立在卷子的最上面，格外刺眼。

上数学课的时候，时间总是过得缓慢。一节课就像一年一样漫长。

彼时的我，语文、英语和文科综合的成绩都是年级中的佼佼者，唯独在数学的世界里一片灰暗，见不到光芒。如果把数学成绩提升一下，重点大学是完全可及的。温柔又好心的班主任为了让数学老师更加关注我的数学成绩，给我更多的鼓励和信心，专门任命了我担任班级数学课代表。

自此以后，去讲台上做题、被提问的频率越来越高。很多时候，我根本答不上来，只好僵硬地站在那里，窗户外的蝉鸣轰轰然，格外刺耳。

数学老师略带遗憾地摇头叹息，眼神里布满了失望。

我一度在想，为什么冗长的语文课文和马克思主义哲学原理，我读几遍就能了然于心，使用自如，却永远记不住教材上的数学定理和公式。类似的题目稍微改头换面，我又完全认不出来了。总之，学习数学的时候，时间总是过得很缓慢，我很想变成一直蝉飞出窗外，离开这个迷漫着沉闷气息的教室。

“小绿，我给你联系了一个数学老师，是门城大学的大四学生。数学虽然是弱项，当然也是提分空间最大的学科。要好好努力噢！”妈妈这样鼓励道，顺手把切好的一片西瓜递到我的手上，红色的汁液流到我的手上。真的很甜呢。

“这样很好啊，换一个老师多学习一下，说不定可以打开思维，突然爱上数学了呢！”外公这样说。

“真是可怜，课余辅导这种完全没有必要了吧。”姐姐略带同情地叹息道。

且不说谁的话是对还是错，从四月份开始，我每周少得可怜的休息时间都开始用于数学补习课。

“你好啊，小绿。我叫杜白，是你的数学补习老师。我们一起努力好吗。”一个穿着白色衬衫的男生就这样走进了我的生活。戴着眼镜，圆脸，笑容温和又清澈，斯斯文文的样子。

“好的。”我以并不积极地语气回应道。

接下来，我用很短的时间了解到这样的信息：杜白，22 岁，门城大学的中文系大学生，已经找到了一份稳定的体制内工作，九月份开始上班。在最后的几个月想体验一下当一名老师的生活，算是对大学四年的一个了结。因为市场上对于语文老师的需求并不多，于是把自己的推广宣传页上写了：数学老师。当然，据说，杜白读中学的时候，数学成绩也是很好的。

“小绿，数学最重要的是基础。基础不牢，地动山摇。这样吧，我们先看下书上的原理和公式，再一起做一下书上的例题。等到五月份，我们再一起把前几年的高考试题拿过来做一下好不好。”

“明白。”

“小绿，我给你带了黄桃罐头。”一边说着一边把罐头上的盖子打开，然后把小勺子递到我手里来。

一瓣一瓣的黄桃浸泡在甜腻的汁水里，缓慢地送到嘴里，软糯香甜。我看到杜白在认真地翻看教材，阳光落在他圆滚滚的脸颊上，笑眯眯的样子，白衬衫格外好看。一页页柔软带着折痕的纸张和鲜红色的批注证明他来之前是充分做了功课的。

“函数、数列、三角函数、不等式、立体几何……我们从函数开始吧。”

当太阳光不再明晃晃地刺眼，慢慢地缓和起来，柏油路上漂浮着的热气也开始慢慢消退。楼下的一丛丛蔷薇花散发着香气，小孩子们开始成群地出来嬉戏打闹，杜白这个时候就要回学校了。

时间久了，我渐渐发现。原来，我以前总是急于去做一些困难的题目，却从来都是忽视了基础的知识点。

日子如水般慢慢地流淌。就这样，杜白耐心地帮我从基础的定义和公式开始一点点的梳理，并辅之以课下的练习作业：做书上的例题和历年的高考数学试题。下一次上课的时候，不会的题目再仔仔细细地给我讲解，短暂地温习上次的知识点，继而开始新的知识点。

“杜白，我这次月考数学进步了很多呢。你要怎么奖励我呢。”

“小绿，你想要什么奖励呢。”

“我想去你的大学，看看你生活的地方。”

“好啊。”

杜白骑着自行车载我来到门城大学，当我轻轻地靠在他的身上，闻着他身上的气息，用手环绕着他的腰间时，脸颊忽然微微发热。我在心里暗暗地期望，如果时间就永远停留在这一个夏日的夜晚多好。

校园里的路灯次第亮起，霓虹闪烁，微风轻轻吹起了女孩子的长头发，湖面泛起了涟漪，空气中混杂着蔷薇、含香、月季和金银花的香气，灌满了整颗少女的心。

校园里有很多画着好看妆容的女生，涂着淡粉色唇蜜的嘴唇格外诱人。她们挽着自己的恋人，温柔旖旎地在散步，脸上是浓得化不开的甜，晚风吹起长长的发丝和飘扬的裙角。也有背着书包，抱着几本文学书籍的学生从如罗马斗兽场一样的图书馆中走出来。也有一些学生在组织社团活动，穿着轮滑鞋如风一般从我身边滑过，游泳池中是曼妙的身材，如游鱼一般自由地在蓝色水面游弋。

大部分时候，我喜欢穿着碎花连衣裙，站在杜白身边，俨然是一个小妹妹的样子。

“杜白，你有没有喜欢的女孩子呢。”

“算是有吧。小绿还不懂呢。”

不就是那种喜欢却迟迟没有告诉对方嘛。我心里暗暗地想到，我又不是没有喜欢的人，我发誓一定要为爱情而更加努力起来，变成一个闪闪发光的姑娘出现在你的面前。

当红色的石榴花在整个小城盛开如火，一点一度的高考即将来临。

“小绿，相信自己。加油。”手机上传来短信，显示人名字是杜白。

当响亮的铃声响起，我从最后一门考试的考场中走出来，如释重负的喜悦和满心的期待。

“杜白，我在这儿呢。无论如何，为了庆祝一下我的高三毕业，晚上我们去喝酒吧。我可从来没有喝过酒呢。”

“小绿，真替你高兴。毕业快乐。”杜白穿着一贯的白色衬衫，扎进裤子里，穿了一双黑色的崭新皮鞋，闪闪发亮，格外的精神，手里捧着白色的玫瑰花束。他笑起来眼睛弯弯的，身上有着淡淡的薄荷味道，如夏日的光芒。

“你要喝什么酒呢”

“杜白。”

杜白的脸慢慢地靠近，用手环绕着我的肩膀，柔软地嘴唇凑过来，我微微地踮起脚尖，闭上眼睛，陶醉地屏住呼吸，把自己交给他，一切如梦一般美好。

“啊，原来杜白是带着薄荷味的甜。”我在心里暗暗地想着。

当黑夜降临，月色如水。聒噪的蝉鸣声渐渐温柔起来，空气中迷漫着花香的气息。牵着杜白温暖而敦厚的手，在街道旁的香樟树下缓慢地走着，是一种令人幸福而愉快的感觉。

陌上人如玉，君子世无双。很多年以后，依然记得那个夏天出现在我生活中并改变了我的人，让我暗暗下决心要变得更好，对未来充满期许。那年夏天，飘落满地的喜欢，明亮又充满香气。

好的爱情

近日，朋友小雅和相恋两年的男朋友分手了，于是在我们面前各种数落前男友的不是，愤愤不满道，“男人真没有一个好东西”“真是一个渣男，小气又吝啬……”这时候，我注意到一向温婉好看的小雅忽然变了一个人，浑身戾气，像一只气鼓鼓的圆滚滚的河豚，充满着剧毒。

我看到这样的小雅，忽然看到了自己的另外一个朋友。脾气一向文静的朋友也曾这样情绪失控，声嘶力竭地和恋人争吵，甚至在开车的时候差点酿成危险的事故。

很多年以后，朋友说再次回想起当日的情景，其一觉得自己幼稚可笑，其二也心有余悸。其实，当时也只是由于一些小事情的沟通不畅引起的矛盾和摩擦，两个人互相争吵不退让，导致矛盾升级、愈演愈烈。

在我们很年轻的时候，我们都曾奋不顾身地一头扎进爱情的河水中，满眼满心都是他的影子。为了他，我们甚至想着要抛弃全世界。殊不知，好的爱情并不是你为了一个人而舍弃了全世界，而是我们透过一个人看到了更好的世界。

实际上，越是相爱的人越是容易发生激烈的争吵，越是平淡的感情反而彼此更加相安无事。因为爱，所以我们会更加在意对方的举手投足，一点一滴，会变得敏感多疑，会容易嫉妒吃醋生气等，这些都是再正常不过的表现。

然而，争吵的多了，时间久了，两个人的感情会慢慢消耗掉，会损害彼此的爱，会让人陷入无望的恶性循环里。

经常有人这样唏嘘不已，悲伤地感慨道“他说过会爱我一辈子的，为什么会变成现在这个样子了。”是的，为什么会变成这个样子呢，因为没有好好的经营这份爱情。爱情始于心动，却也需要苦心经营。

那么在爱情中，女孩子应该如何做好自己呢。

女孩子最好有一半要活得像个男人，有大的气场和格局。情爱绝对不是生活的重心，应该做些更重要的事情，比如做好自己的事业，学习好自己的专业知识，毕竟工作才是自己安身立命的根本；生活中可以学习读书写作旅行烹饪摄影茶艺；坚持跑步瑜伽爬山等运动；做个外表好看、灵魂有趣的女人。

爱情是相互成全和共同提升。要习惯承担和付出，而不是一味地索取和纠缠。所有要求对方包容你坏脾气和缺点的女孩子最终都会吃尽苦头。不要试图从对方身上挖掘到生活的意义，不要试图利用对方改变自己的生活，那是注定要落空的事情。因为，我们所能依赖的终究是自己，爱人只是彼此做个伴一起走一起看。

试着跳出当下的环境，用历史的观点和世界的观点来看待一些情爱纠缠。用历史的眼光来看，两个人之间其实并没有发生多少事。放眼宏观的世界，两个人的一些纠缠撕扯又算得了什么。

如果，两个人最终不适合没有在一起，那也要体面地离开，而不是互相伤害。既不后悔曾经爱过，也尊重故事结尾。在一起时好好爱，分开了亦是好聚好散。

敦煌莫高窟曾经出土过唐朝的离婚协议书《放妻书》，这样写：

“盖说夫妻之缘，伉俪情深，恩深义重。论谈共被之因，幽怀合卺之欢。凡为夫妻之因，前世三生结缘，始配今生夫妇。夫妻相对，恰似鸳鸯，双飞并膝，花颜共坐；两德之美，恩爱极重，二体一心。三载结缘，则夫妇相和；三年有怨，则来仇隙。若结缘不合，想是前世怨家。反目生怨，故来相对。妻则一言数口，夫则反目生嫌。似猫鼠相憎，如狼羊一处。既以二心不同，难归一意，快会及诸亲，以求一别，物色书之，各还本道。愿妻娘子相离之后，重梳蝉鬓，美扫蛾眉，巧逞窈窕之姿，选聘高官之主，弄影庭前，美效琴瑟合韵之态。解怨释结，更莫相憎；一别两宽，各生欢喜。三年衣粮，便献柔仪。伏愿娘子千秋万岁。”

《放妻书》语气温柔，遣词风雅，和当下闹得两败俱伤的离婚大相径庭。细细想来，古人的这番智慧和心性是值得我们学习的，缘起则爱，缘灭则分。

好的爱情，好像喝一杯水，清凉无比，沁人心脾，于身心皆有益处，并养成日复一日的好习惯。

好的爱情，是彼此一起相处，又保留着各自的空间，给予彼此充分的自由。不管在何时何地，都要给彼此距离。

好的爱情，是不相互纠缠，不相互内耗，不占有，不希冀，不依赖，而是并肩而立，一起看这人间风景。

我的母亲是夏天

我母亲姓周，安徽淮北人，20 世纪 60 年代末期的夏季出生，是生于山村长于山村的孩子。小时候，留着一头短发，晒得黝黑。经常上山下水，爬树摸鱼，采摘草药，抓蝎子，盛夏时节从高高的河岸上一跃扎进河水里游泳，纯真烂漫。

因为一些家庭原因，母亲仅读了两年书便早早地离开了校园。不到二十岁便结婚生子，开始操持一家人的衣食生活。

当天真烂漫的短发少女渐渐成长为有着长长头发的孩子母亲，当父母手心里的宝渐渐变成新家庭的守护神，不变的是母亲始终如夏天一般的心性，热烈，充沛，向上，对生活始终充满着爱和热情，明亮又充满香气。

也许是没文化的亏吃多了，也许是她希望给自己的孩子树立一个学习的榜样，婚后的她忽然意识到了学习的重要性，热情高涨。20 世纪 80 年代，她经常穿着布鞋翻山越岭，在傍晚步行十几千米去镇上参加“扫盲班”的课程，深夜才能返回家中。长此以往，也打下了一些文字基础。

待到我念中学以后，母亲开始下定决心认真学习识字写字和电脑打字，从拼音字母开始一点点地积累，拿着中性笔在本子上歪歪扭扭地写着字，并开始慢慢地学习使用电脑打字。一来想在家里营造出人人都在学习的浓厚氛围，二来想真正地学习一些有用的知识。

母亲性格开朗，喜欢唱歌，于是先从歌词里的字开始写起来。每到周末我们放学回家，都能看到家里层层叠叠的一摞稿纸，密密麻麻地写满了稚嫩的字，上面还注明了拼音和声调。不会写的字就用红笔标注出来，周末我和我哥回家的时候问我们怎么读如何写。

由于长期的学习和积累，母亲对于常用字的读写已经没有问题，渐渐的连电脑打字、手机短信、微信都变得轻车熟路。小区里的叔叔阿姨经常震惊于我妈的打字速度，惊诧于一个未曾念过几年书的人竟然还会使用拼音会写字会打字，完全不落后。

2016 年夏天，整个城市有着遮天蔽日的蝉鸣和茂密的绿色，明晃晃的阳光穿过树叶子打落下来，明亮又充沛。夏天属性的母亲萌发了考驾照的念头。然而家里人并不看好她，纷纷说道："你开车应该没有什么问题，但是科目一和科目四的理论考试怎么办，你能考得过吗，毕竟也没上过两年学。我们不是打击你，你还是要面对现实的啊。而且快 50 岁的人了，你能记得住这些题目吗。"听了大家的话，她有些沮丧有些失落，甚至开始自我怀疑。

也许是骨子里的倔强基因作祟，一向好强的母亲并不甘心就此放弃。看着母亲浑身的热情和动力，就主动帮她交了报名费，并安慰道："妈，你也不要有什么压力，你的报名费考试费我来出，考不考得过都无所谓的，就当体验生活啦。"

报完名以后，母亲忽然像是变了一个人，迅速进入了学习备考状态。但凡有一丁点儿的时间，她就争分夺秒地用来看书抄写题目做题。先是把考试教材的题目全部抄写背诵一遍，又用手机下载 APP 做题，把题目反复做了无数遍，烂熟于心。遇到不认识的字就圈出来统一问我。

白天要操持家务事，还要照顾我哥哥的小孩子，白天几乎没有闲暇时间的，只好晚上一个人的时候拼命学习。2016 年夏季的夜晚，母亲房间的灯光几乎一直亮着，累了就睡一会觉，梦中都是在学习，醒来就继续做题。很长一段时间，她都被我父亲调侃为着魔了，无药可救了。

也许，对于我们年轻人而言，一个简单的驾照理论考试，只需要抽出半天时间做几遍题目便能通过考试。可是，对于她而言，并不简单，很多字并不认识，很多词语的意思也并不理解，而且从未有过考试经验，想通过考试是无比困难的。

可凭着自己的勤奋学习和倔强的精神，最后她以满分的成绩拿到了驾照。而这场考试，也让家里人从此对她刮目相看。

如今，随着手机和电脑的普及使用，对电子产品过分依赖的我们已很少动手写字，经常会提笔忘字。而母亲虽然已是知命之年，依然保持着持续学习的热情，有时候在家里看电视剧，看到台词里有不认识的字，便会拿本子记下来问我们。

爱学习的母亲，经常让我深感差距。因为，学习，从来就不是一件简单的事情。

实际上，母亲一个人去料理一个家庭更是不易。在我们家里，母亲是守护神。由于父亲在铁路工作，在家里待的时间极少，家里的日常生活皆是母亲一个人料理。三餐蔬食，四季衣裳，房屋装修，孩子的教育，老人的赡养，人情往来。母亲却能把这些事情都处理得井井有条，维持着一个家庭的良好秩序，干净整洁温馨有爱。

等到我成年以后才真正知晓，把儿女拉扯大把家庭经营好实为不易之事。但我很少听到母亲谈论过其中的辛苦。我想，她一定以为这种辛苦是人生的天经地义，不值得称道也不需要抱怨。

母亲对自己要求严苛，对我们也一贯如此。因此，她经常不用说话，但凡流露出严肃的眼神，就足够让我们感到威慑力。

童年时，我和我哥都有一些拖拉的不良习惯，这一点尤其体现在冬天的晨起，我们总是很不情愿地从温暖的被窝里爬起来，若是遇到雨雪天气，起床更是艰难。

有一日清晨，我看见母亲急匆匆地从客厅冲向哥哥的房间，眼神里充满着严肃的光辉。随后，我一股脑爬起来去隔壁房间看热闹。只见母亲一把掀开被子，吓得我哥赶快从床上爬起来。这时候的我，赶紧大声喊："妈，我起来了，正在换衣服呢。"然后迅速地整理书包，洗漱吃早饭。

从此以后，我便养成了不拖拉不磨蹭的习惯，这和童年时母亲对我们的严厉是分不开的。

像小时候调皮捣乱，或者有时候偷偷看电视，成绩下滑……诸如此类的事情，受罚的总是我哥，挨骂写检讨是常有的事情，而我就在旁边站着，心里也是一阵胆怯和敬畏。

很多年以后，母亲告诉我，女孩子总是娇贵些，她总是习惯于教训我哥，做给我看，却很少直接处罚于我。

当然，母亲对我们更多的是细腻的爱，如白开水一般清凉，于身心皆有益。

母爱如同是一棵大树对另一棵小树的看顾，是一个豆荚对一粒青豆的守护，是一只大燕子对嗷嗷待哺雏燕的照料。

记忆中，北方的冬天异常寒冷，晚上入睡时被子总是冰凉如铁。钻进被窝以后，脖子后面透着凉风，冷气顺着脊背往被子里灌进来。我们睡在床上，一人一个被子，叽叽喳喳地说着话。母亲每次都是等我们睡下了，然后过来把我们脖子跟前的被子塞好，被窝立刻变得密不透风温暖起来，不知不觉地我们就睡着了。然后她关上灯才慢慢地入睡，夜晚时不时地起来给我们掖被角。长大以后，我一个人住的时候，任凭自己怎样去掖被角都会觉得没有母亲的手法高明，没有母亲亲手掖的被角密实和温暖。

常言道：人，即使活到八九十岁，有母亲在便可以多少还有点孩子气。如今我已经二十多岁，离家独自生活好几年了，回到家里依然能感受到母亲的宠溺和呵护。

去年冬天，整座城市持续下了一个月的大雪，雪花纷纷扬扬地飘落。

通勤回家的路上，踩着快到膝盖的积雪，深一脚浅一脚地迈着步子往家里走，平时回家十几分钟的路程足足走了半个小时，手脚在凛冽的北方中冻得通红僵硬，甚至有些麻木。

刚走到楼下，就看到母亲站在五楼的阳台上向下张望，在等着我。到了家门口，大门已经敞开，母亲迅速地冲到门口，紧紧地握着我的手，帮我搓手取暖。她双手的温度就这样传递给我，温暖着我冰凉的手。然后问道："手怎么这样凉，怎么不知道戴双手套再撑伞呢。外面这么大的雪，鞋子肯定湿了吧，快换下来，我给你开了取暖器，暖暖脚……"说着就牵着我的手去卧室里取暖。此时，只觉得窗户外面的风雪和寒冷已和自己无关，回到家里，一股热流在心中流淌。

关于母亲的故事和细微的爱是永远说不完的，是捕捉不全的。时光如同窗外的蝉鸣一样抓不住，可是关于母亲的记忆和爱却在慢慢累积，历久弥新。

"热爱自己的母亲吧，朋友！这是一个失去母亲三十年的人在对你说话！"这段话，是苏联作家卡里姆说过的。此刻，我也想说，不妨抽一些时间去看看母亲吧。

读懂父亲

父亲一直是和我如影随形的，只是含蓄而深沉，如山川如峡谷，当我渐渐知晓是非温情，当我开始读懂父亲时，我已经 20 多岁了。

古人说：“事父母几谏，见志不从，又敬不违，劳而不怨”。这句话意思是父母难免与我们之间存在隔阂和代沟，父母也难免有些过失。由于历史背景、生活环境和成长经历的不同，随着我们的羽翼日渐丰满，我们和父母之间的差距越来越大。实际上，这时候，我们需要多一些理解和尊敬，多一些体谅和共情。因为，如果你了解了他的成长经历，你感受到了他的生活困苦，你也许就不会过于自作聪明，一个人慢慢远去。

父亲一生普通而平凡，如一粒微尘，却也如一颗明亮的星星。

1981 年的冬季，年幼的父亲在皖北老家的庄里乡读中学，那一年的风雪很大，村子东头的河面结了一层厚厚的冰，家里的老房子檐角也挂满了长长的冰凌子。这一年，奶奶去世了。

虽然现在父亲和我提起时，看似轻描淡写，我依然能读懂他心里的千疮百孔以及百感交集的情绪。

奶奶去世以后，爷爷依然在外地的铁路部门继续工作，有一份稳定的收入，似乎可以支撑起这个家，实则不然。也许是性格的放浪不羁，独自一个人在外地过得热闹，却并不太懂得怎样去照顾家里，也未曾把工资用来贴补家用，偶尔回来也只是带些外面的吃食和新鲜玩意给儿女们，在家中短暂的停留又返回到属于自己的省会城市。

由于没有稳定的收入来源，年幼的父亲开始琢磨着怎样按时缴纳学费，怎样继续完成自己的学业。

要怎么办呢。在山村，对于一个年幼的孩子来说，快速赚钱的途径无外乎有这么几种：抓蝎子、采摘草药、收松子。这三种中，抓蝎子收益最高，却又有被蛰到的风险，而且具有季节性的特点。

夏季傍晚的雨后，空气潮湿，无风，这时候是蝎子活动的时候，一个人跑到西边的山上，一块又一块地翻石板，看到在石板下面闭目养神的蝎子们，心里高兴极了。是的，这些都是自己的学费呢。用手直直地抓住尾部，又要避免被蝎子尖尖的钩子蛰到手，迅速地丢进袋子里，第二天去卖给收蝎子的人以换得很少的钱……这个夏季，抓蝎子成了顶要紧的大事。

然而，生活并不总是温柔以待，在勉强维持了半个学期的学业以后，1982 年的冬季，领完初中二年级期末成绩单的父亲便下学了，成绩单上赫然写着第三名。

十几岁的父亲开始跟着兄长、村子里的叔叔伯伯学做农活，磨过豆腐，贩卖过西瓜，种麦子，摘棉花，打猪草，一双稚嫩的小手慢慢地结满了茧，一张白净的面孔变得饱经沧桑，一副文质彬彬的模样变得如一个邋遢的流浪汉……

时间如海，巨浪翻滚。年轻的父亲就在生活的大浪中跌跌撞撞，慢慢地成长起来。因了自己的老实肯干，生活渐渐好转。在短短的几年间，发生了翻天覆地的变化：家里盖上了一间新房子，也娶了漂亮能干的母亲，有了儿女，真正的有了属于自己的小家。

1993 年的夏天，这一天和普通的任何一日并没有什么区别，可是命运的年轮已经在悄无声息地发生着变化。父亲早早地起来去地里做事，爷爷从南部的省会城市风风火火地赶回来，带来要退休的消息，而小儿子年龄刚刚好，可以去接替他的工作。

这年夏天，二十多岁的父亲正式成了南昌铁路局的一名桥隧工。这年夏天，他随着爷爷离开这个生养自己的山村，第一次看见火车，第一次来到城市，第一次见到这么多新奇的事物，第一次认识了这么多说着各地方言的铁路职工……一切都是新奇的，而一切都是陌生的。

当第一次站在钢梁大桥上，他看着桥下面滔滔的江水而双腿打战、瑟瑟发抖。也许，彼时的他还想象不到，这将成为他以后人生中的一个新的起点，而桥梁也成了自己一生的事业。

铁路桥隧工，即是养护、维修桥梁与涵洞路段，整日和桥梁、步行板、油漆、混凝土等打交道，是异常辛苦的。看起来是简单的桥梁维修，实则是一个专业活、累活，“晴天一身汗，雨天一身水”是他们的真实写照。

父亲刚从事桥梁作业时，几十个人挤在一间房子里，直接铺着被子睡在地上。由于管内点多线长，交通不便，遇到突发紧急情况，住在涵洞里也是常有的事情。常年在野外作业，粗糙黝黑的肤色，晒得翻红的脖颈，沧桑的模样，让他显得比实际年龄要大很多。

尽管桥梁工作艰苦如此，但每逢提到“桥梁”这两个字，他依然眉飞色舞，滔滔不绝。

记得有次我们出去爬山，开车路过一座大桥，他兴奋地用手指给我们看，“这个桥以前就在我们工区管内，那年夏天施工，天气真是热得厉害，橘黄色的工作服真是热湿了又晾干，然后又被汗水浸湿了，晚上回到家脱下衣服时，你妈还说你今天干什么去了，衣服上都是白白的盐渍……真是热，我们都是一瓶接一瓶的喝水……汗都擦不赢的，一直往下掉……”

是的，桥隧工就是一个这样的工作，平凡却不平庸。父亲他们是最普通的一线职工，对铁路对桥梁有着浓厚的感情。铁路，给他带来了黝黑的皮肤和沧桑的面容，却也给他带来了稳定的收入，职业价值感和自我实现，给他带来了责任与担当。

如今，工作和生活条件都在日益好转，桥隧工也日益依靠新技术、新工艺。他依然还是那份农村子弟的节俭和淳朴。他热爱桥梁工作，提起来就是满心的欢喜，对管内的桥梁、涵洞设备如数家珍。甚至周末，也常常去工区里看看还有没有什么要做的。我和母亲以前经常笑着调侃他，"桥梁都成你家了，天天这样，还有几年就要退休了，看你怎么办。"这时候，他眼中总是落寞的神色。

每一代人有每一代人的命运，每一代人有每一代人的芳华。在二十多年的工作生涯中，父亲也见证了铁路的日新月异。在五十多年的人生中，他见证了农村和城市的变化，历史的发展、社会的变迁。

多和父亲谈谈心，了解他们上一代的故事，我渐渐读懂父亲。想想父亲当年的艰难困苦，我更加珍爱当下的生活，也懂得了什么是幸福和爱。

小女子，大格局

格局是人生布局，是发展态势，是成功者的必修课。有人觉得女人格局小气，头发长见识短、婆婆妈妈，工作生活圈子狭小，国家大事一概不知，甚至一结婚更没视野了，全世界上只有家里巴掌大的地方。

实际上，小女人也有大格局。

王昭君是小女子，身份也只是卑微的宫女，千里迢迢嫁与匈奴，这本身就需要内心的大格局才能支撑住。

大格局，往往反映一个人的眼光、胸襟、胆识等心理要素。为人处世，最重要的不是能力的高低，而是格局的大小。

“旧爱胡因梦”是著名作家李敖一生的伤疤。自诩为“情圣”的李敖娶回70年代“台湾第一美人”胡因梦时，自以为一切已在掌控中。孰料这段婚姻仅维持了3个月。

离婚后的胡因梦退出了演艺圈，并没有失去自我，而是独自翻译书籍、推广信仰，取得了骄人成绩。当李敖在公众场合偶尔讥讽她时，她没有散发幽怨的眼光，而是很智慧地予以回应。胡因梦的格局很大，眼里装着许多美好的东西，因此放大了生命的荣光。爱情来时，让它轰轰烈烈吧。爱情走时，也为它敲锣打鼓。胡因梦的大度，让人动容。

胡因梦的故事告诉我们，面对情爱的束缚，女性完全可以潇洒一点，当爱情弃她而去的时候，绝不能将格局弄得连个转身的地方也没有，将自己坠落成让人生厌的怨妇。而是时时刻刻做最好的自己，活出最好的模样。

格局这事，离生活很近，离我们不远。说某人格局大，并不是说他多么位高权重、一言九鼎。眼里都是大的事情，忽略日常小的事情。关键在待人接物的态度和方法。再大的事情，背后也是有个道理在的，遇到大的问题，一定要看重事情背后的道理，看到事物之间的联系。这才是大格局的关键。有些事情表面看似很大，但背后意义不大。有些小的问题，看似不急不忙，但背后的影响很大。因此，我们平时看问题，一定要从现象看实质，从表象看内在，及时掌握运用科学的世界观和方法论。女性学会了哲学的态度和方法，才不会目光短浅，只看眼前。

小女子，尤其要多读书。持续阅读能放大人的精神生活，改变人的精神状态。因为多读了书，读过的书终将转化成力量，成为梦想的启蒙师。通过读书，你会知道这个世界远比你想象得要精彩，而不是只局限你眼前的这一方小天地。多读书，还要会运用。看过的书要学会圈圈点点，记下自己的所感所悟，学着用书中教的原理和方法解决现实中的问题。有时候，你肚子里的墨水就是还没兑现的财富，你有知识、有自信，就会更有底气面对困难和挑战。

谁说小女子，就没大格局？说小女子小，那是体力、身材的小，至于格局，每个人都应该足够大，女子也不例外。

小女子，要学着涵养大格局。这要求我们关心国家大事、特别是关心关系国计民生的大事、要事。每个人的人生和命运都和国家的时局联系在一起，千万不要“商女不知亡国恨”。作为独立女子、受过良好教育的女子，更要树立远大志向，做有思想有知识会思考有作为的新女性。

人生路上，山高水远。愿我们既有小女人的情怀，也有大女人的格局，心有猛虎，细嗅蔷薇。

雪月花时最忆君

每年下雪的时候，我都会想起明朝张岱的《湖心亭看雪》。

“崇祯五年十二月，余住西湖。大雪三日，湖中人鸟声俱绝。是日更定矣，余挐一小舟，拥毳衣炉火，独往湖心亭看雪。”

数百年前的才子张岱，曾在一个天地肃清、风回雪舞的寒冬坐一条小舟前往西湖湖心亭赏雪。只见雾凇沆砀，天与云与山与水，上下一白。湖上影子，惟长堤一痕、湖心亭一点、与余舟一芥，舟中人两三粒而已。在这番清澈空明的画面中，或许只有悦耳的鸟鸣声和茶童温酒煮茶的声音。

莫说相公痴，更有痴似相公者。人生难得一片痴心，你看，百年以后，依然有如张宗子一样的痴心人。

大概真隐者，不必入山林。理想的生活，是能够倾身投入每一天的生活，也能够重回自然的步调，既爱这温暖的烟火气，也爱山野之间的幽然之趣。

我想，生活大抵是需要一些潇洒的，恰如为了去看山里的风姿，踏月而来，去山中的亭子看雪，携友两三，去访山、访水、访古寺。

暮色沉沉，一片宁静，甚至可以清晰地听到自己的呼吸声。这里的安静，可以让人忘记一切的丝竹乱耳和案牍劳形，只有雪花簌簌飘落的声音、鸟儿扇动翅膀的声音、还有两个人的言语声。周遭静无声息，脚底踏出的咯吱声，好似雪地轻柔的言语，令人感到安心。

停歇在亭子里，我们在檐下看雪，你指着一草一木说给我听。那是松树，那是苦楝树，还说眼前的亭子是很早的建筑，名叫“静心亭”，而这山是一座仙山。外面的雪簌簌地飘落，轻盈如漫天的柳絮，纷纷扬扬。雪落了满山，恍惚不知今夕何夕、今世何世。

和朋友并肩而立，站在山上，向远处望去，整个小城尽收眼底，城市里的灯光明明灭灭，就在眼前。这个城市的夜晚是热闹的，也是繁华的；是静谧的，也是恬淡的。

高山深林、清泉怪石。友人在侧，气静心安。

夜色如水，倾泻而下。暮色中的一言一语像一粒粒石子投入了心湖，激起一片一片的涟漪。人和人的遇见，人和一场雪的遇见，人和一座古亭的遇见是不是都是久别重逢呢。是不是很早的以前我们也曾如张岱一般去湖心亭看雪，兴起而至、兴尽而归。

雪夜，在山中漫步，既有“绿蚁新醅酒，红泥小火炉。晚来天欲雪，能饮一杯无？”的情致；也有“柴门闻犬吠，风雪夜归人”的幽趣。

《四时幽赏录》“山窗听雪敲竹”条云：“飞雪有声，惟在竹间最雅。山窗寒夜，时听雪洒竹林，淅沥萧萧，连翩瑟瑟，声韵悠然，逸我清听。”风雅的古人喜欢在山窗寒夜听雪落竹林。还有什么比和志同道合的友人秉烛夜游、听雪落竹林更有情致呢。

我在川端康成的《我在美丽的日本》里读到“雪月花时最忆友”。雪、月、花而已，却能暗通心曲。当一个人看到雪的美，看到月的美，也就是四季时节的美而有所省悟、感知到幸福时，就会热切地想念自己的密友，但愿他们能够一起分享这份快乐和喜悦。因为美带给我们感动由此引发出我们对人的怀念之情。

也有人曾说，“能欣赏荒寒幽寂的人，必定具有一种特殊的素质，那是一种顽强的生命活力，那是一种桀骜不驯的人格力量。”古人常常能够从孤寂落寞的意境之中酝酿出一种生命的诗情。“独钓寒江雪”“飘渺孤鸿影”“枯藤、老树、昏鸦”这样的意象不胜枚举，看起来是寂寞的，是清冷的，却蕴含着生命的坚韧和内心的温情。

生活又何尝不是如此呢。愈是深处不顺之时，内心愈是坚韧，在动荡不安的生活中拔节向上，变成更善更美的自己。

一如古人的意趣，我们在山中看雪，是寒冷的，是孤寂的，内心却是温热的，是满心欢喜的，仿佛回到最简单最淳朴却也最动人的时光。

在这样的雪夜，我想告诉自己的密友：抬头向上看，今晚月色很美。

第三辑　铁路边

萧县琐忆

萧县地处安徽北部，有 6000 多年的文明史和 3100 多年的建城史，是汉文化、孝道文化的发祥地。萧县是我父母出生的胞衣地，也是我童年生活过的地方。忆起萧县，于我而言是温馨和甜蜜，清纯和欢快，顿悟和思索。

对于萧县的记忆，大多与美食有关。萧县饮食文化闻名大江南北，“萧县羊肉汤”“皇藏峪蘑菇鸡”“圣泉寺烧全羊”等各种风味小吃成了名扬黄淮地区的美味佳肴。每当清晨的第一缕阳光洒进萧县，城隍庙后门的美食便闪亮登场。这里的早餐琳琅满目，有火烧豆脑、烧饼油茶、烙馍菜盒、肉合糖糕、油条豆浆，水烙馍卷菜……这里藏着做汤 40 年的老大爷，这里有做菜盒 25 年的老阿姨，想起来就让人垂涎欲滴、思念不已。

闻名遐迩的皇藏峪蘑菇鸡，由皇藏峪野生蘑菇和土公鸡烧制而成。主料为山养的本地公鸡，加上本地野蘑菇；作料大量使用生姜、辣椒烹饪。公鸡要三年左右为最好，这样炖出的鸡肉壮、肉丝精细、鲜美可口、香味浓浓，用大脸盆装着，吃后回味无穷，周围市、县慕名前来品尝者络绎不绝。

关于萧县的记忆，大多与外公有关。外公是位慈祥的才人，已经90多岁了，性格不急不躁，待人谦恭有礼。外公是名复退军人，曾参加过淮海战役和渡江战役。徐州淮海战役纪念碑刻上了外公的名字。幸运的是外公后来被找到了。县里逢年过节都要来慰问他，还有许多北京、合肥的记者采访过他，向外公请教淮海战役和渡江战役的事情。

1938年年底，日本侵略军的铁蹄踏进徐州。外公和其他工友先后从徐州的敌军手中运出我军急需的炸药和子弹。1948年，淮海战役第二阶段胜利结束。粟裕率部驻扎在萧县蔡洼村。国民党摸清华野指挥部在这一带，每天都有敌军的侦察机在上空侦察。粟裕每晚在指挥部工作时，用高粱秸把窗户遮住，以防灯光外泄，引来敌机。敌机因找不到华野指挥部的准确位置，盲目丢炸弹，蔡洼附近的刘楼村经常被炸，而蔡洼村却安然无恙。而我的外公，就在当时的蔡洼村任华野首长的警卫员。

一说到以前的战斗故事，外公就很动情，默默掉眼泪。每次参观县里的淮海战役总前委旧址，外公就陷入了沉思和回忆中。当年他参加解放军，见过淮海战役总前委成员邓小平、刘伯承、陈毅、粟裕等首长，他牵挂的总是和他一同入伍的战友。听着外公不疾不徐地叙说往事，在平静中有波澜，胜利中有泪水，悲凉中有温热，每一句都动人心弦。

今年国庆前夕，外公获得了“庆祝中华人民共和国成立70周年”纪念章，纪念章主要元素为五星、“70”飘带、团锦结、如意祥云和光芒。核心部分为五星，代表国家荣誉。“70”飘带象征中华人民共和国70年奋斗历程。团锦结环绕在五星和“70”飘带周围，寓意全国各族人民大团结，构建人类命运共同体的愿景。纪念章高端大气。

萧县县委县府与民政局的领导一道将纪念章送到我外公家，表彰他在战争年代的贡献。我们去他家里的时候，他开心地捧出来拿给我们看，浑身洋溢着喜悦的光芒。

外公村里有条倒流河，常常出现在我梦里。倒流河，源自萧县与淮北交界处的栾庄，自南向北从庄里乡的陶墟、城阳、大蔡庄、高庄延伸而过，在外公所在的庄里乡境内水流 15 千米。小时候我五点多起来去上学，常自己一个人从河边走，真是非常害怕了，现在都还记得。不过与小伙伴们一块玩，却成了童年的乐园。瞧，小孩子们从水中像水怪一样冒出来:“打水仗”——你一块泥巴，我一块泥巴，用泥巴做个窝窝，像个铁饼，使劲往河里打。孩子们在一块比赛，看谁摔得远，谁就是赢家。这样的游戏可以一玩就是大半天。还有爬山摘果子，下水捉泥鳅……都是那么快乐的记忆。

外公院子里还有几棵高大茂盛的石榴树，秋天来了，红彤彤的石榴缀满枝头，有的裂开了口子，露出晶莹剔透的石榴籽，香甜极了。有流浪的猫猫狗狗路过，外公好心的喂养它们，时间久了，这些小猫小狗就待在外公的院子里不走了。

外公家距离金寨文化遗址很近。金寨文化遗址位于庄里金寨村南，相传为“玉石塘”的地方。经萧县博物馆和安徽省文物考古队现场勘查，认为金寨文化遗址年代为新石器时代大汶口文化晚期至龙山文化时期，另有少量的汉代及宋代遗存。在遗址的土层断面中，发现有黑陶、白陶、夹沙陶残片，在附近发现有明显的红烧土层。已从此遗址出土大量的玉器、绿松石、石器和陶器，反映了这里久远的历史和发达的商贸活动。如今，这里成了著名的文化旅游地。

外公外婆总是乐呵呵的样子。我经常听到他们念叨“现在的生活真好，这是以前做梦都不敢想的……”回望过去，甚至 1990 年我出生以前，大家出门都很困难。我爸那时在江西九江上班，我妈骑自行车把我爸送到最近的夹沟集小站，乘火车，再乘汽车，才到了九江。因为京九铁路和宁西铁路没有开通，从安徽到江西特别漫长。京九铁路开通后，我们可以从麻城到潢川，再由潢川到淮北，到了淮北，再到萧县就很方便了。基本上三四个小时就可以到达，这是外公当年走了几个月才能到达的地方。

京九铁路和宁西铁路是延伸在大别山坚挺脊梁上的一条蜿蜒匍匐的长龙，是大别山革命老区的致富路、幸福路。它在潢川连接起宁西铁路，连接了安徽大部分地区，连接了我的父母之邦萧县和我的工作地麻城。在这条路上，坐上火车，可以翻越横亘在苍茫群山里的大别山地区。也可以从河南安徽把各种物资运进外公居住的大山。绵延的铁路，就是一匹跋涉在故乡和我工作地的骆驼，驮着故乡的日常，驮着故乡的广种薄收。每次我回萧县，我看见小站渐渐模糊的站台，那两条笔直的铁轨，就像故乡迈开的双腿，散发着进步的光彩。

今年国庆期间，我乘火车回萧县看外公。外公已是 90 多岁的老人了，开着车依然又快又稳。他耳聪目明，身子灵活，早起带着我们去赶集，遇到同村的人便一起捎上。在街上，他争着掏钱，却没有我们用微信支付得快。九十多年的生活如过眼云烟，年轻时的外公走过南闯过北，立过功得过奖，如今的他安居在安静的村庄里，观山听雨，过着最朴素的生活，知足常乐，心无挂碍，耄耋无恙。

忆起萧县，回忆翻涌。这种记忆，与山水相连，与铁路有关，与过去和现在的生活息息相关。

车过新县

初夏的夜晚，空气中弥漫着栀子花的香气，列车在京九铁路线上穿梭。当火车在新县站停留的时候，我忍不住从座位上站起来，凑到车窗边，向外面望去，一切还是熟悉的样子。

新县站，位于大别山区，地处鄂豫地区的交接地带，是红军的故乡，是将军的摇篮。第二次国内革命战争时期，这里是鄂豫皖苏区首府所在地、刘邓大军千里跃进大别山的落脚地，先后诞生了红四方面军、红二十五军等主力红军，培育了许世友、郑维山等几十位将军，有无数的革命烈士曾在这里抛头颅洒热血。

这个小站大多时候并不热闹，是孤独而寂寥的。夜晚的山风从打开的车门处灌进来，是扑面而来的凉意。站台上，有星星点点的灯光，客运值班员依然还是那个个子不高的中年男人，旅客开始慢慢地爬上列车。

我想起，曾有三百多个日夜，我在这个小站乘坐火车，一路南下或北上；我曾在这个站台迎接如我一样新分配的大学生，我也曾在这里送走了退休的老师傅们；我曾在清晨的霞光中，伴着清幽的鸟鸣声和列车一起出发；我也曾在黑黢黢的夜晚乘坐火车返回这座小站；我曾在这里心心念念地盼望着一个人，也曾在这里泪眼婆娑地送他离开……

两年过去了，日子看起来和往常的每一日一样普通，可是我们跳进的生活的大海已经改变，并没有一点浪花。

大学毕业以后，我在铁路工务系统工作四年多，我一直在流动中，辗转于河南、湖北两省之间。而新县，就是我人生中一个小小的驿站。

刚分配到新县的时候，我在线路车间担任记工员，主要负责车间100多名职工的生产材料领用、工资分配和报销、生活后勤保障，在线路上跟班作业等各个方面，这些都是琐碎却又极其重要的工作。一个在家里备受娇宠的姑娘，忽然成了100多个大老爷们的“老妈子”，开始的角色转变和适应让我觉得困顿和沮丧，一天几十个电话很多个问题都是司空见惯的，比如这个职工房间漏水了，那个职工生病了要去慰问，这个工区的电饭煲坏了，那个工区的材料不够了……

也许，感情就在开的一张探亲票、发放的一件防护服或者是夏季送去的清凉物资，过年送去的春联和瓜果肉蔬菜，一起在线路上顶着烈日换轨施工、检查线路等中慢慢建立起来的，曾经内向羞涩的我也习惯被老师傅们热情地开几句玩笑，也日益变得活泼起来，曾经的文艺女青年，也变成了一个风风火火、能上山下水的女汉子，成了一名真正的铁路职工。

我慢慢地发现这座小城的美好，逐渐喜欢上了这座靠山临水的城市；我也感受到了铁路职工的艰辛不易和爽朗热情；我明白了铁路职工生活的简单而孤独，我也懂得了铁路事业的平凡而又伟大。

在新县，铁路职工大多友善好客，也善于在简单的沿线生活中发现一些美食。我吃过东家的馍，喝过西家的粥。由于地处大别山区，这里有天然的野山茶、山茶油，有带着艾草香气的蒿子粑粑，有软糯的糯米糍粑，有焦脆的黄桥烧饼，也有山中的鱼腥草、蒲公英、野生菌类等各种美食，既有大别山水的清气，也有小城市生活的烟火气。

一日傍晚，太阳落山了，晚霞渐渐从天边退去。车间院子里是下班后的职工欢快地唱着歌声，笑声闹声，各地的方言迷漫着这个小院子。一位姓周的老师傅跑过来说："小张，晚上一起吃凉拌蒲公英，我今天刚去山上挖的，蒲公英就要这个季节吃，再过段时间可就老了不好吃了；我还给你晒干了一些，可以泡茶喝……"

蒲公英摘去黄叶子，洗得干干净净，嫩生生、水灵灵的，在开水里焯一下，然后用麻油、盐、少许糖等精心调配好，也有喜欢加一些蒜末或者辣椒油的师傅。我第一次知道，原来这山野之间的蒲公英也可以吃，简单的调配一下竟是这样好吃，嫩嫩的，带着隐隐的清香，在日后让我时时惦念。

某一个夏日，一个同事从身上的工作服兜里变戏法似的掏出很多野果子，递给我。我至今也不知道叫什么名字，也许是野生李子，也许不是，酸酸甜甜的，很是提神。

冬季的清晨，这个城市开始在雾气中慢慢苏醒，凛冽的暴雨倏然而至，正在惆怅早餐怎么办。这时，有同事骑着摩托车从家里过来，给我捎来了热气腾腾的豆腐脑和刚出炉的黄桥烧饼、又香又脆，"趁热吃啦，要不一会不焦啦！"

……

以前，我一直认为沿线的职工文化水平普遍不太高，讲起话来嗓门大。在新县的这段时光，我真正的成了其中一员，我渐渐意识到铁路人简单而爽快，充满着活力。虽然铁路沿线生活艰苦而单调，很多职工一辈子就是这样度过的，他们却能自得其乐。然而，他们也有温情而细腻的一面，一碗凉拌蒲公英，一句鼓励，一份支持，这些都时常让我觉得温暖和感动。

离开新县以后，有同事在夜晚打电话过来说想念他们前任记工员了，也有同事说新县的桃子李子熟了，要不要送上通勤车带一点儿过去给你。

车过新县，然后继续向前驶去，慢慢地消失在暮色中。

对于很多和我一样的铁路职工，一辈子要和钢轨、列车、奔波打交道，日子如一碗水一样平静。也许，铁路职工的一生就如这夜晚行驶的列车，在向远方延伸的两根钢轨上穿梭，在不同的站台停靠驻足、然后又重新出发。而这列人生的火车最终将要开去哪儿呢，我们并不知道。我们只需多看看这沿途的美好吧。

行驶在二月春风中的临客

2018年2月的湖北麻城晴天居多，春节过后山风已不觉寒冷。大别山的花花草草开始抽芽，大片的茶花含苞待放，一簇簇的春梅暗香浮动，沁人心脾。赶往火车站的父老乡亲们也流露着从容神情，人与人之间那么和气吉祥。这一天，我和单位的同事参加了3269次（潢川—东莞东）临客的值乘工作。

绿色的列车在2月23日的下午18:30准时从麻城车库出发，19:10整装待发。先空车到河南潢川站，再由潢川一路到东莞东，把风尘仆仆的旅客送到温暖的南方。

列车上，在担当乘务的麻城工务段职工热情服务，座位上整洁有序，地面洁净干燥，洗手间弥漫着清香的味道。旅客们拿着车票寻找座位，从容地坐在自己的位置上。火车开动时，旅客七嘴八舌地打开了话匣子。

“今年的春运不算挤，看不到买票排长队，看不到站台上全是人了。”

“车上居然还有党员突击队，党徽一闪一闪真好看。”

“是啊，春运环境一年比一年好，党员的示范作用少不了。”

“工务段的职工真贴心，他们不停地为我们服务，待会我们要过去说谢谢。”

就这样，大家你一言我一语地说着话，整个列车内宛如温馨的临时家庭一样，大家和睦帮扶，友好相处，一起度过最好的旅程。

慢慢地夜色开始降临，旅客们纷纷进入了梦乡，车厢内日益安静下来，只剩下工作人员来回穿梭。

我和一个穿着蓝色工作服的师傅打了个照面，他大约四十岁的样子，手持检查工具和手电筒，满脸笑容，精神奕奕。

见我也是铁路职工，他便打开了话匣子。原来，这位师傅叫张国宏，是呼和浩特铁路局包头车辆段的一名客车检测师。

春运期间，张国宏被抽调到其他兄弟单位协助工作，负责检测临客车辆。春运伊始，他从包头南飞到广铁集团开展工作，未曾回家一次。而大年三十的这一天上午九点，他又风尘仆仆地来到武汉局集团有限公司麻城工务段从事检测工作。

在这19组列车车厢中，我看到张国宏和另外两名检车师傅忙碌的身影，他们时时地对车体状况、车内照明、厕所设备等各方面进行全面而细致的检查，有时候俯身，有时候蹲着、跪着，当好“医生”，为列车进行一次又一次全方位的“体检”，为旅客的舒适乘车解决后顾之忧。

大年三十，本是合家团圆的日子，张国宏却远离家人，独身在湖北麻城这座鄂东小城度过了一个别样的除夕夜。他在朋友圈晒起了湖北这边的铁路同事为他准备的年夜饭，有鱼有肉有水果还有一群坚守在岗位的铁路人，收获赞赏声一片。“虽然从北到南，跨越千里。但这个年过的很有意义，我很快乐！”张国宏自豪地说。

检测师张国宏只是众多铁路人的一个缩影。在整个如火如荼的春运期间，铁路各个单位相互协作配合，齐心协力打好春运硬仗。有无数个张国宏一样的普通铁路干部、职工在本该团聚的日子却坚守在岗位上，用坚守换来万千乘客的团圆。

在此次临客上，有连续十四年未曾在家中过年的女列车长；有年年被抽调担任临客值乘工作的麻城工务段职工，这些平日里与钢轨打交道的粗犷汉子，变粗犷为温柔，化温情于行动，用摸惯了撬棍、钢轨的手，细心地服务旅客……

麻城工务段职工张增寿，今年 55 岁了，跑完这趟春运就要退休了。他一辈子与钢轨打交道，今年主动要来担任春运值乘任务，他认为只要能为旅客解决实际困难和问题，即便再苦再累也值得。职工钟正华，跑了四年的临客春运了，也到了即将退休的年龄。钟正华老家在四川乐山，这些年来，他转战于全国各地，与家人聚少离多，他最大的心愿，是在春运结束后顺顺利利退休回老家，以此弥补对家人的愧疚和思念之情。

可以这样说，每一位铁路职工背后，都有一段舍小家顾大家的感人故事。正是万千如他们一般的铁路人，在背后默默地付出和坚守着，才有了春运的整洁有序从容，才有了旅客的平安有序温馨出行，使旅客有了更美好的出行体验。

铁路人“交通强国，铁路先行”的铿锵誓言，就在这一点一滴之间细水长流，将热爱和担当化作温暖旅客的春风春雨。

我就这样采访着、思考着，看着窗外明灭的灯火，思绪纷飞。

记得很多年前的春运，怎一个挤字了得。那就是个“挤”字。即使想买上一张站票，也得早早去火车站排队。买了票，还不一定上得了车；等检完车票放行后，还得在站台等上十几分钟，火车才缓缓进站。上车时，半是拥挤半是被推搡的被塞进了车厢。旅客一上车，都会抢着把行李和箱子塞满行李架、座位底下。火车缓缓开出一段，车厢里的人才从不安中安顿下来。那时没有座位的人很多，车厢的连接处挤满了人，几乎每一个座位旁边都站着人，用一种非常焦灼或茫然的神情看着大家。

列车继续前行，上车的人会越来越多，站着的人也被挤到只能勉强下脚。站的时间久了，感觉整个人像沉在压力无比的深海里。坐着的人呢，时间久了也觉得全身都疼，两条小腿不知不觉浮肿起来。人多的时候，连厕所里面都挤满了人，很多人只能一边站着一边忍受着饥渴，期盼着早点下车。到吃饭的时候，餐车上的盒饭被人们举过头顶传递过来，十元或十五元一份，一盒饭和几片白菜和几根肉丝。多数的人掏出方便面去泡，配着从家里带来的东西吃，方便面、汗臭味、脚丫子味等奇怪味道混合着盈满逼仄的车厢。

如今，随着铁路日新月异的发展和铁路人的持续努力，铁路从软件到硬件了都有了质变。“四纵四横”的高铁路网连接祖国的东西南北。“和谐号”“复兴号”等高速列车的增加，以及互联网 APP 的使用，自动取票退票，列车上 Wi-Fi 的全面覆盖，互联网订餐等新方式的兴起……无疑让旅客出行更美好。

车厢上，工作人员热情周到，温馨服务，让人舒心放心安心。旅客们坐在自己的座椅上安静地翻阅书籍，或者打开电脑看电影，个个都不急躁。他们有的安静地眺望窗外的风景，享受着旅途的舒适。有的在餐车上品尝着好吃的饭菜，缓解旅途的单调和疲劳。当“春运临客”再次出现在我们生活中，旅客们不再是惶恐不安，而是一派从容，一团和气，眼角眉梢都是笑意。

就这样，行驶在二月春风中的春运临客，如一只巨龙欢快地穿梭着，喜气洋洋，就这样带着万千旅客，在铁道线上疾驰，从北到南，从过去到现在，开向光，开向暖，开向春天。

你是人间的春和暖

今年的春节注定是一个不一样的春节，新型冠状病毒席卷而来，平静的生活泛起层层涟漪，一种从未有过的不安和焦虑涌上心头。繁华的街道忽然安静下来，路上的行人寥若晨星，空气中弥漫着消毒液的味道，白色的口罩遮不住人们落寞的神情，勤洗手、闭门在家、看新闻关注疫情成了生活的一部分。

疫情在我们看不见的角落里一点点儿蔓延，似乎走出家门就有被感染的可能，新闻上每天增加的病例人数，时刻牵动着人们的心弦。

除夕前一天，很多人已经开始了休假，置办年货，等着三十的团圆夜，或者是在家里闭门不出，用手机刷着新闻时刻关注着疫情的最新进展。这一天，新婚宴尔的年轻小伙子刘志文却踏上了从麻城开往汉口的列车，奔向疫情严重的前线。

"汉口现在可是疫情高危区，万一感染上了可怎么办。"身边的亲朋好友纷纷担忧起来，面露愁容。"我会做好保护措施的。我一定要去。"刘志文一边做家人的思想工作，一边开始收拾自己的行李。

今年 25 岁的刘志文是武汉铁路局集团有限公司麻城工务段添乘分析

组的一员，日常工作内容是对单位管内京九、宁西、合武、麻武线四条铁路线进行人工添乘检查，确保线路的安全畅通。妻子是他所在单位的室内调度员，两个年轻人刚刚举行了婚礼，开始新婚蜜月之旅。

“你去吧，你去添乘，那我在家等你，要记得每天视频给我报平安呀。”得到了同为铁路职工的妻子的理解和支持，刘志文完全没有了思想包袱。

清晨 4 点，城市还在一片黑色的幕布里，街道空无一人，寒风凛冽、冰冷刺骨，只有路灯下的影子和自己做伴。做好消毒和防护措施，刘志文联系安全监控，汇报确认车添乘人员出发，便登上机车，使用添乘仪器进行检测，高效完成合（合肥）武（武汉）线添乘任务，及时将收集的各类信息反馈给单位安全生产指挥中心，确保高铁线路的畅通。

每天完成了添乘任务以后的刘志文，就待在房间里用微信视频给新婚的妻子报平安，“媳妇，我很好。一切平安。”

一日又一日过去了，小两口在微信视频里度过了不一样的蜜月。也许有些许的遗憾，也有些许的离愁，却从未有过犹豫和迟疑。

我的另外一个铁路同事一样有着坚定的步伐，一样的义无反顾、冲锋陷阵，一样留下逆行的身影。

这位铁路职工，名叫饶曲，43 岁，是武汉局集团有限公司汉西车务段天门东站的一名连接员。

大年初一的清晨，在家里看微信的饶曲看到一条消息，眼睛忽得明亮起来，立刻从沙发上爬起来。原来是定居美国的吴洁婷等爱心人士十分牵挂着武汉的疫情，火速采购了一批医疗物资，却苦于无法组织运输力量及时把物资运送到相关医院发愁。看到微信消息的饶曲急忙和这些爱心人士取得联系，了解了相关情况，主动提出运送这批物资。

抢夺时间就是抢夺生的希望。医院中昼夜奋战的医生、护士，他们正等待着后勤医疗物资的供给。想到这些，饶曲立刻奔走下楼，驾驶着自己的私家车抵达武汉市汉南区的一家仓库，满载着口罩、防护服，一刻也不敢停歇，驶向武汉市同济医院、协和医院、武汉市第一人民医院、黄陂区人民医院等处。一整天下来，一共运送了口罩50400个，防护服2000套。

次日上午，热心的饶曲又从微信朋友圈得知要向武汉各大医院运送电油汀的消息后立刻报名参加。他从朋友那里借来一辆货车晚上8时准时出发，迎着风，一路向前，在蔡甸区取到物资后刻不容缓送往武汉市中南医院等处。

把这些物资全部送到位以后，拿回了医院的一张张收条，饶曲长长地舒了一口气，拿出手机，看到上面显示着03:00。凌晨4点左右，才赶回位于硚口区的自家小区，黑漆漆的夜色，路灯闪烁着暗沉的光芒，照着这个疲惫的身影，一步一步向前。这时候，咕咕叫的肚子提醒自己该吃点饭了。

了解饶曲的人都知道，他平时就乐于助人、热心公益，获得过原《楚天金报》颁发的“2012年湖北首届微公益爱心证书”，并与朋友组建了有20多台车的爱心车队。他说“危难时刻，我不能像那些不顾生死的白衣天使一样治病救人，只能做一点儿自己力所能及的事情，这都是应该的，很值得。”

一方有难，八方支援。疫情像毒蛇一样噬咬着人群，武汉时刻牵动着亿万人民的心，救助的物资纷纷而来。防控战役打响以后，武汉封闭，有些医疗物资苦于不能及时送到需要的医院，医院却急需这些救命的物资，情况危急，令人忧心。正是有很多个饶曲这样的人主动请缨，义务帮助运送防疫医疗物资，爱心接力，抢夺时间，为生命接力，为一线的医生、护士做好后勤供给。

疫情严重的日子里，浓云密布，每个人的心都是时刻悬挂着的，紧锁的眉头没有丝毫的舒展。日子就这样一天一天地缓慢向前推进。

大年初二这一天，本是新年伊始的希望和憧憬，荆州车站客运员刘师冉却接到妻子的一通电话，得知心心念念的奶奶去世了，恍惚如梦，泪眼模糊，脑海里全是奶奶苍老的影子。

奶奶去世的前一天，刘师冉接到同事的电话“现在疫情紧急，车站离开通道已关闭，防疫物资紧缺，车站成立党团员突击队，你是否愿意加入？”对方语气十分急促，想来是形势非常严峻。看着病床上病重的奶奶，一时间陷入了两难的境地。

“医生说奶奶这次可能挺不下去了。”

“你是车站的业务骨干，这个时候单位需要你，你去吧。奶奶这边有我照顾，你不要太担心。”站在一旁的妻子王梦娇猜到了他两难的心思，轻声地说道。刘师冉这才依依不舍地离开医院，离开湖南，奔赴湖北。

刘师冉的妻子也是荆州车站的职工，是一名车站售票员。夫妻俩平日里工作本就忙碌，又处在不同的岗位，休息时间经常凑不到一起，已经连续三个年头没有回湖南祁东老家了。因此，临近年关，丈夫刘师冉一再许诺今年一定要和妻子回老家看看。

回到湖南，才知道等待她的却是生病已久的奶奶。看着苍老的奶奶浑身插着治疗的管子，虚弱地躺在病床上。原来，家里人考虑到夫妻俩春运工作比较忙，怕他们俩担心，就没有告诉他们。两个人的心里酸涩不已。

离开家回到车站以后，刘师冉火速与同事投入搬运防疫物资中。

仅仅是分别了两天，却已和奶奶阴阳相隔，一时间，悲痛不已。他努力掩藏着悲伤的情绪，擦干在眼眶中打转的泪水，继续投入自己的工作中。

像刘志文、饶曲、刘师冉这样的铁路职工有很多很多，有接触网工、线路工、客运员、列车员、铁路司机……不一样的岗位，却有着一样的名字，铁路人。

在这场没有硝烟的战场上，没有超级英雄，有的就是一个又一个普普通通铁路人的担当。他们站在防疫队伍的最前列，用自己的行动确保铁路线路畅通，保障旅客平安，保证后勤的供给，用义无反顾的身影筑起了安全的屏障。

在这个凛冽寒冷的冬季，生命依然在关爱和温暖中绽放，长出更多的明媚和希望。战场中的硝烟一点点散去，而这些铁路人是人间的春和暖。

铁路人的年味

除夕的前一天，忙完手头的工作，我从单位所在地湖北麻城匆匆忙忙赶回家。到了河南潢川站，正好母亲过来接我。看到她，我的第一句话就是问道："今年都有谁在家里过年？""你大哥不在，他今年过年在工区值班，一直到初五……"

实际上，对于除夕夜全家不能团圆，作为一个从小耳濡目染的铁路家属和铁路职工，我是有着充分的心理准备的，只是心里暗暗地在想家里有几个人要在单位值班呢。因为我和父亲是工务系统的，我大哥是电务系统，我小哥则是在车务系统工作，因此，每一年都是会有人缺席这场年夜饭。

生活还是需要一些仪式感，让这一天和其他的日子区分开来。不知道从什么时候开始，我们每年过年的时候都会用相机郑重地拍一张全家福，然后冲洗出来，回到家的时候带给家乡的老人长辈，自己的相册里也会存放一张。

今年的除夕，我翻开以前的合影照片，每年都有人的身影不在，唯一见证的则是家中最年幼的我了吧。

泛黄的照片总是能把人带入以前的旧时光。

1996 年 9 月 1 日京九铁路建成通车，跨越了 9 个省级行政区的 103 个市县，一条贯通大江南北的大干线如一条钢铁巨龙一般在神州大地腾起。在京九铁路的建设施工过程中，广大的干部职工技术人员日夜奋战，用他们的心血、汗水和智慧，写下了可歌可泣的篇章，

1997 年的夏天，我 7 岁，第一次乘坐火车，随着家人沿着京九铁路来到河南潢川这个小站。也许，童年的我只当那是人生中极为普通的一天，却不知在那时，已经和京九铁路结下了缘分。

2013 年年底，大学毕业以后的我因为机缘际会分配到了京九线段的工区、车间、机关进行工作，成了一名铁路职工，和一线班组的线路工、桥梁工、基层干部朝夕相处、共同作业。

岁月就像门口的一场穿堂风呼啸而过，我从留着娃娃头的幼童到坚守一线的铁路职工；从一张深蓝色的家属证变成了一张褐色的工作证……随着年龄的增长、角色的转变，我更加懂得了铁路人的坚守和不易。

记得 2004 年，我 14 岁，还在读中学。那时候，父亲在麻城工务段的固始桥梁工区担任工长，春节在工区值守。于是，我们全家人带着蔬菜水果春联大包小包的行李一起去了固始工区过年。

因为是过年期间，职工大多都已经返回了家乡，偌大的院子里显得格外空荡荡的，异常冷清。工区院子外面是很多的土坡，零零散散的树木。我住在工区的宿舍，吃着工区的食堂，看着工区的景色对于一个少女来说，这一切无疑都是沉闷和无趣的。不过能和家人在一起过年终归是好的。

2004 年的春节就是这样全家迁徙，在一个偏僻的工区院子里度过的。

2012 年，我 22 岁，是一名在读大学生。那时候，我的两个兄长已经踏入工作岗位很多年，也成了一名铁路人。

这一年，我的小哥在麻城车务段淮滨站担任客运主任，负责火车站的客运等工作，忙的像个旋转的陀螺。过年的前一天打电话过来，“妈，

我今年不回家过年了，这边太忙了。”“噢，好。”

这场年夜饭，小哥毫无悬念地缺席了。大年初一，天还没有亮的时候，母亲匆匆忙忙的起床，在厨房里忙碌着，做了热腾腾的饭菜，有鸡肉鱼块香肠腊肉蔬菜，还装好了各种水果。

一切准备好，我们一起坐上火车，提着饭盒和水果瓜子糖果赶到淮滨火车站。到了以后，我们偷偷地去候车室找他，看见他穿着笔挺的制服，带着胸章，很是精神，正在给旅客耐心地答疑解惑。

我去拍拍他的肩膀，他才晃过神来，“妈，周艳，你们怎么来了。怎么带这么多东西过来。”“还不是咱妈看你过年不能回家，心疼你。”

在火车站停留了不到半个小时，寒暄了几句，便赶着火车回家了。这一年的春节，我去了淮滨这个小站探望春运坚守在岗位上的小哥。

2016 年，我 26 岁，在麻城工务段新县线路车间担任记工员，记工员的工作主要是为车间干部、职工做好后勤保障工作。

临近春节，单位的领导便开始嘱咐我们要提前准备，做好春节干部职工值班人员的后勤保障工作，我和车间领导在新县转了一整个来回，我们去认真地挑选春联、买蔬菜肉类、买瓜子花生糖果等，并组织一一送到一线班组。

对于铁路部门来说，每个单位、每个班组在过年期间都有不能回家和家人团圆的干部、职工，也许，这些春节物资都是再稀松平常的，却也能送去单位实实在在的关心和温暖，这个春节，不能赶回家里的人也并不孤单，因为单位陪着大家一起度过。

爆竹声中一岁除，春风送暖入屠苏。千门万户曈曈日，总把新桃换旧符。转眼又是一年的春节，我知道今年的除夕，有很多的铁路家庭如我们家一样，因为工作的需要，因为春运的需要，因为岗位的责任在肩头，他们不能陪着家人一起吃团圆饭、过团圆年。已经踏入铁路行业几年的我，对于这样的人更多了一份理解，多了一份敬重。

最近观看记录铁路职工生活的微电影《三分钟》和《两面人生》，让人忍不住落泪。

陈可辛执导的《三分钟》以广铁集团广九客运段女列车员刘钟为原型，讲述了一位工作在平凡岗位上的女列车乘务员，每年都载着旅客回家过年，自己却只能和她的孩子在站台相聚短暂却又珍贵的“三分钟”，这是她们春节“最漫长”的相聚了。

她与别人一样，也是渴望团聚的母亲，但她又不一样，帮旅客拿下行李，引导他们上完车，时间才是自己的。说责任也好，使命也罢，温热的心，灿烂的脸，无愧于每一位旅客，却有愧于孩子。

《两面人生》讲述了铁路人的双面人生。也许在家人眼里，他不顾家庭，他不够孝顺，她不常陪伴，他不守时间；但是，不顾家庭的他却是守护铁路的“钢铁侠”，不够孝顺的他却是重点旅客的“脚和眼”，不守时间的他却是保障动车健康的“120”，不常陪伴的她却是芬芳旅客的“玫瑰花”……

因为懂得，所以慈悲。

春运本是奔向家里合家团圆的时候，而她、他以及千千万万的铁路人却在“逆行”，他们为了旅客的回家而离家，他们为了旅客的团圆而分别。他们是最平凡的铁路人，这也是他们工作中异常普通的一天，他们平凡却伟大，他们普通却闪光。

因为工作，很多铁路人不得不舍弃很多和家人团聚的机会，但却保障了更多的旅客安全、平安地踏上回家的征程。也许泪水打湿了缺席的人生，但是阳光拥抱了回家的旅途。

精神凝聚力量，信仰决定方向。铁路人的生活是平凡的，也是伟大的；是孤独的，也是热闹的。他们的生活和工作永远伴着一列列呼啸而过的火车和人来人往的旅客。

穿过多少桥梁、隧道，历经多少河流、山川，两条钢轨像铁路人的血管一样，向四面八方延伸，朴实而有力量，肩负起“平安春运、有序春运、温馨春运”的责任和“交通强国、铁路先行”的使命。

铁路人的修行

室外北风呼啸，寒气逼人，此时，正值豫南、鄂东冬季最寒冷的季节。京九、宁西段铁路上覆盖了一层厚厚的积雪，银装素裹。

此时，穿着橘黄色工作服的铁路职工如同鱼群一般，纷纷涌上了线路，他们巡查站场、扫除积雪、除隐患，他们战严寒、保安全、保畅通，用责任和担当筑牢安全屏障。

对于铁路人来说，这样全体出动的场面是司空见惯的，防洪、防断、大型的施工现场等，他们分工有序、职责明晰，凝心聚力，在线路上度过一年又一年，用他们忙碌的身影践行和传承着铁路精神。

如果说人生是一场修行，那么对于铁路人来说，两根向远方无限延伸的钢轨便是他们的道场。

有很多一线职工终其一生坚守在如螺蛳壳一样的偏僻工区，肩负着养护维修线路和道岔的任务。

在钢轨之间修炼自己，确保设备质量的良好，确保列车和旅客的安全。

1992 年 10 月，京九铁路全线开工，1996 年 9 月 1 日建成通车，跨越了9个省级行政区的103个市县。在京九铁路的建设施工过程中，广大的干部职工日夜奋战，用他们的心血、汗水和智慧，写下了可歌可泣的篇章，一条贯通大江南北的大干线如一条钢铁巨龙一般在神州大地腾起。

1997年的夏天，还是孩童的我第一次乘坐火车，随着家人沿着京九铁路来到河南潢川这个小站。也许，童年的我只当那是人生中极为普通的一天，却不知在那时，已经和京九铁路结下了缘分。所以，大学毕业后我成为一名铁路职工，也是一种缘。

南宋的著名思想家陆九渊曾说："某虽不识一字，亦可堂堂正正做人。"在和一线职工相处的过程中，我发现很多一线的老师傅们文化水平并不高，是地地道道的粗人。他们讲不出很多大道理，却用一生在践行铁路精神。正是这些如石砟一样的普通职工，组成了维修线路的基础和主力，筑造了全国四通八达的铁路线的畅通。

在工区，他们大着嗓门说话，下班了大口喝酒吃肉。由于长期的户外作业，他们的黄色工作服常年沾满油渍，混合着汗水和雨水。他们的手指粗糙，指甲缝里永远嵌着污渍，他们的面容沧桑，头发斑白。他们的称呼由"小王""小张"变成了"老王""老张"等。他们的铁路工作日复一日的平凡，却也一日日的铸就不凡和辉煌。

在作业现场，平时操着一口方言的防护员也尽量说着普通话、规范用语；测量高低、水平，他们熟练使用道尺、弦线；在施工作业中，他们配合默契、齐心协力；设备检查、应力放散、清筛、捣固、防洪、防断、战风雪……

精神凝聚力量，信仰决定方向，磨炼铸就辉煌。铁路工务人的生活是平凡的，也是伟大的；是孤独的，也是热闹的。他们的生活永远伴着呼啸而过的火车、黄色的工作服、黑色的钢轨、满手的油污、严寒酷暑的奋战，远离家乡的坚守。

无数铁路人一生最美好的时光便是在两根钢轨间度过的。当老一辈职工陆续离开，年轻的职工双手接过接力棒，铁路人的精神薪火相传，他们在现代化铁路发展的过程中砥砺奋斗，深化“强基达标、提质增效”，奋勇担当“交通强国、铁路先行”的使命。

翩若轻云出岫

初次见到李兰，你很难把她和西北、偏僻小站客运员、不惑之年这些名词联系到一起。她有着精致的脸庞，充满活力的蓬松长发，如星子般的眼睛，巧笑倩兮、美目盼兮、身姿优美，翩若轻云出岫。

1977 年，李兰出生在甘肃通渭。2002 年，她从甘肃广播电视大学运输管理专业毕业，在兰州车务段中堡站从事车站客运员工作，一干就是十几年。在工作中，她扎根基层，从不言苦喊累，扎实认真，业务素质过硬，是兰州车务段的技术能手。

在大家的眼中，李兰热爱生活、认真生活，是一个真正把工作和生活过得有声有色的人。已过不惑之年的她，与瑜伽结下了不解之缘。

一块瑜伽垫，一缕悠远的音乐，一个明媚干净的身影；在三月的桃花下、在七月的山谷里，业余时间的李兰常常沉迷在瑜伽的空灵世界。时光静默，内心平静且愉悦。就这样，李兰的精神和大自然相融，整个人就像一片叶子在风中舒展开来。

“对于我这个年纪，身体柔韧性也不好，刚开始学习瑜伽的时候没少吃苦头。苦吃够了，后面就越来越‘甜’。”李兰笑着说道。

练习瑜伽的初期，由于自身柔韧性不好，也没有领悟方法窍门，练习的过程中，拉伤、扭伤对李兰来说如同家常便饭。起初，李兰身边的朋友并不理解她，总说她是“自讨苦吃”。但李兰并没有气馁，凭借着自己不服输的劲头，“自讨苦吃”的李兰，经过长期的瑜伽练习后，身体柔软了、体式灵活了、身姿变美了，整个人如少女般散发着活力和美。

除了工作、练习瑜伽，李兰也当主持人、排练晚会节目、跳舞、弹古琴，学茶艺、做美食，多才多艺的她，把生活过得有声有色。

有人问李兰怎么会有如此好的精力和热情时，她总是笑着说：“爱在小站，爱在生活，有爱就会有力量。”这就是李兰，一个认真、执着、追求美、充满爱的小站人。

一个执着的盆景“创客”

进入农历四月，大别山区的湖北麻城龟峰山绿意盎然，野生杜鹃竞相怒放，红花似海，蔚为壮观。随着“人间四月天，麻城看杜鹃”广告词逐渐被人熟知，杜鹃花火了，麻城火了。

同样，坐落在麻城市西北角的麻城工务段院内美不胜收：八十多盆榆树、松树、三角枫盆景，造型古朴、气质典雅，引来不少干部职工驻足观看。盆景火了，周湘闽火了。

周湘闽，武汉铁路局麻城工务段的一名汽车司机，安全行车 100 多万千米。他不仅车开得好，而且是一个执着的盆景“创客”。“盆景是通过汗水、智慧创造出来的，创造出来的盆景有艺术价值、有魅力，好看、耐看。”他是这样说的，也是这样做的。

1992 年的春天，朋友送给周湘闽两棵松树盆景，他仔细端详，越看越有韵味，从此就迷上了盆景艺术。

早些年，周湘闽爬遍了麻城周边的每一座山。偶然的一个机会，他在悬崖的缝隙里发现了一棵奇特古雅的五针松。于是，他在朋友的帮助下，用绳子捆着自己的腰从崖壁上下去，用锤子敲碎石块，收获了属于自己的第一株盆景。

后来，出于保护生态环境的考虑，周湘闽不再去山上挖树桩了，转而在盆景市场搜罗好的苗子。他跑遍了湖北麻城和河南新县、潢川的花木市场，结交了很多朋友，长了很多知识。其间，他不知走了多少路、磨破了多少双鞋。尽管如此，他仍旧乐此不疲。

“盆景是有生命力的‘活古董’，就像是我的孩子，甚至比养孩子还要花费心血和精力，一点也不敢怠慢……”周湘闽这样说道，“盆景是凝而不固、生生不息的，是有生命力的艺术，需要他的收藏者有好的眼力、耐力和心力。”一盆好的树木盆景，根、枝、干的比例要合理匀称。周湘闽从基础做起，仔细挑选树桩、培养树胚、配景栽盆，再加上日常科学地浇水、施肥、打药、修剪、整姿等措施的跟进，盆景在漫长的过程中成长、成形。同时，他通过蓄养的“加法”和修剪的“减法”，精心创造他心中早已设计好的造型。这个过程很长，大概需要 12 ~ 15 年的时间，有的甚至需要 30 多年的光阴打磨和心血浇灌。

“别说是修枝、打药，就是简单的浇水，都是有讲究的。”周湘闽略显严肃地说。为了学习修剪技术，奠定造型基础，他订阅了《中国花木盆景》《中国花卉盆景》两本杂志，潜心研究。记得一个周六的晚上，周湘闽躺在床上翻阅杂志，忽然被一幅精妙的盆栽造型图片所打动，他立马爬起来跑到单位。门卫李师傅问道：“周湘闽，怎么大半夜的还来单位？”“我来看看盆景，没别的。”说完，就直奔盆景园而去。他绕着一盆榆树盆景，转了一圈又一圈，认真看、仔细瞧，直到碰撞出灵感的火花，才十分不舍地回家睡觉。此时，麻城南站候车厅上的大钟敲响了零点的钟声。

第二天一大早，周湘闽拿着剪刀等工具开始修剪起来，如同行云流水。修剪时，他完全进入了自己的世界，那股执着认真的劲儿，让人折服。有时候他一站就是一整天，甚至忘记回家吃饭，每每被爱人电话反复督促才和盆景短暂告别。

每次出差回来，周湘闽第一件事就是直奔盆景园，看看新入的榆树有没有发芽、紫薇花有没有开、三角枫的叶子是否泛红，斜出的枝是不是需要修剪、是不是需要打药、是不是需要浇水。看完后，他就坐下来，和它们说说话、聊聊天。“盆景已经成为我生活、生命中不可或缺的一部分。”他如是说。

有人看周湘闽这样痴迷盆景，就问他：“周师傅，您花费这么多心血在盆景上，能挣多少钱？”周湘闽笑着说：“我搞盆景，靠的是爱好和兴趣，培育盆景让我的内心始终保持快乐和充实。”

盆景是立体的画作，是无声的诗歌。天地之大美，展现在这一花一树一盆一土之中。面对秀茂雄奇、野趣横生的盆景，干部职工纷纷竖起大拇指，赞叹不已。周湘闽看在眼里，乐在心上。

行走在钢轨和诗意之间

八月盛夏，江城有遍地的阳光和茂密的绿色，蝉鸣声此起彼伏，白云自在飘荡。在武汉这个因铁路而兴的城市，读读关于铁路的诗歌，有一种别样的感受。我有幸收到了诗集《钢轨铿锵》。拿到书以后，我在汉口火车站的候车室便迫不及待地翻开阅读，一字一句，如静水流深，涤荡人心，有倏忽而至的沉静。

江城武汉，与中国铁路有着悠久且特别的情缘。如今的武汉，是名副其实的高铁之城。当乘坐的高铁在向远方行驶，当诗意从《钢轨铿锵》中流淌，我手捧着书，细细地阅读着一字一句，被诗中的铁路情、赤子心、真善美和灵动的文笔所吸引。抬头向车窗外望去，恍惚间不知是火车、钢轨、铁路、远方在诗中，还是诗歌本就在这疾驶而过的高铁上，在向远方延伸的钢轨上，在铁路人一生的宿命里。

古人讲，诗以言志，这本诗集也不例外。作者是一名基层的铁路干部，也是一位业余诗人。他以铁路诗人独特的视角、强烈的感知力和细腻的笔触，记录了铁路人平凡又充满生机的工作场景和生活状态。绝大多数诗歌，是对铁路职工岁月流转、家国情怀的提炼和升华，展现了新时期铁路人的精神面貌和悲欢喜乐。

《钢轨铿锵》共五个部分，读起来有一种内在的情感联系：有铁路是一生的宿命，有对故乡和亲人的怀念，有对爱情的徜徉，有一个人独处和深思的乐趣，也有铁路上的四时流转、风物清嘉。

通览诗集，每句诗都没有矫揉造作，有的只是对铁路对岁月的感知和内心的观照，充满着单纯、谦逊、平和、善意和温暖。

在诗中，作者这样描述铁路施工现场："换砟的年轻人 / 有着浑圆的青春 / 腱子肉在汗珠里闪动 / 一身好力气 / 一副棒身材 / 换砟的老人 / 一生在铁路拼打 / 面朝钢轨背朝苍天 / 与钢铁和石砟为伍 / 熟悉铁道比熟悉自己的身体还要全面。"

对于家乡，作者这样写道："在平原 / 春树发芽 / 云霞绚丽 / 洞庭在南 / 汉水徘徊 / 所有的膜拜 / 源自水土的恩惠 / 每一个轮回都有淡淡暗香 / 假若我们在云端俯视平原 / 河水像大地的根 / 将内心攥紧 / 牛羊和人群 / 又多像草芥微尘。"

对于爱情，他描述了一位大别山姑娘对铁路职工的炽热情话："我愿意做你的新娘 / 如果你同意 / 我们今天就可以拜堂 / 我愿意做你的新娘 / 哪怕你坚守小站 / 山高水长 / 火车开到我们这个地方 / 为我们带来辉煌 / 因为火车 / 我爱上了你 / 爱上你的坚韧深沉和雄壮。"

对于生活的思考，他透露了快乐的"秘诀"："在快乐与不快乐之间 / 我选择一生快乐 / 如果偏离这一主题 / 我立即拨正方向转向快乐的心境 / 找点快乐的事做 / 或者露出八颗牙齿 / 让嘴角变成下弦月 / 让我眼睛向星星那样闪亮。"

对于路途和远方之美，他写出了铁路与地域文化的融合交织："铁路若隐若现 / 古驿道上走过无数的车马 / 这是一条连接荆州、荆门、襄阳的驿道 / 一直到达楚国的心脏 / 到达岳阳长沙汨罗 / 连接起洞庭湖的波浪 / 连起楚人和诗经故事 / 连起汉乐府和唐诗宋词 / 让铁路充满想象。"

除了内容的丰富和饱满，这本书的语言和意境之美也很让人喜欢。

诗中有锃亮的钢轨、灰灰的道砟、灵动的火车、沉稳的捣固机、黢黑的撬棍、静默的大山、被绿色包围的工区、沿线的风花雪夜，飘着桂香的故土、在路口迎接自己的家人、不得被放弃的诚挚爱情等意象。字里行间，既有铁路男人的大气磅礴、厚重担当，也有诗人的温柔细腻、温和坚定。

作为一名铁路职工，我深知铁路系统的专业性和坚硬性，以铁路为题材写起诗来并不容易，因为非铁路人并不理解铁路人的生活和思想。在过去的日子里，我经常认为铁路生活是单调乏味的，是混合着钢铁坚硬的，钢轨道砟与温柔细腻的诗意是丝毫不挂钩的。读完《钢轨铿锵》我发现，铁路时光有温柔旖旎的一面，铁路人也有细腻、温柔的一面。

在诗中，作者写道："今天我带上 52 种工具 / 为大别山修理通天的路 / 我带上九齿叉三齿耙活动扳手起道机 / 用所有的工具寻找平顺和安全 / 用一身的力气凿平钢轨天梯"；"穷其一生让火车飞奔 / 大汗淋漓地奉献着青春梦想沸腾的热血 / 挥动着铁耙撬棍 / 以钢铁扫平障碍"。在诗中，他还这样写道："铁路像银质的梳子 / 掠过大别山的发际 / 山南小雪似少女 / 山北暴雪似贵妇 / 淮河多像季节的草绳 / 东西一拉南北分明。"这些诗意的描述，让冰冷的铁路工作和场景生动鲜活起来。

作者行走在钢轨和诗意之间，既有敏锐的感知力、共情力，又有细腻、纤巧的文笔，既写了气势雄浑的换轨施工画面，也用温柔的笔触描述了铁路人的情感，好多诗句直指人心，扣人心弦。

读完这本诗集，我的内心愈发沉静，感受到铁路别样的气息。那是钢轨的气息、道砟的气息、月光的气息、大雪的气息、栀子花的气息，在心中久久徘徊。一本书，是对生活和岁月的记录，是作者内心的观照，也是读者的俯身自照，是见自己、见天地、见众生的过程。

正如诗人所言，写作需要长久的耐心和坚持。希望作者能持续地写出更多更好的文学作品，将铁路的发展变化和铁路人的悲欢喜乐记录下来，用诗歌的形式诗意地讲述铁路故事，向社会更好地展示铁路人的工作状况和精神世界，让铿锵钢轨再次弹奏出更加美好的华章。

铁路芳华，岁岁年年

初夏时节的夜晚，伴随着窗外此起彼伏的蛙鸣声，书桌上芍药的香气氤氲，我读完了作家刘莉的《汽笛声声》。这本书也是从夏天开始，30年来，关于火车、汽笛、父亲和滨江，都一起留在了小艺的记忆里，甜蜜而忧伤。在阅读的过程中，我时时与这些书中的人同喜同悲，感受铁路芳华，岁岁年年。

《汽笛声声》这本小说有40余万字，分为一站二看三通过、上帝为你关上一扇门等十个章节，主题鲜明，以改革开放以来铁路的发展变化为主线，以沿线小站滨江的发展变迁为背景，描述了主人公小艺三姐妹的成长历程，以及浩子、猴子、汉桥等铁路职工跌宕起伏的命运，展现了铁路职工奉献、担当、奋斗不息的可贵精神，平凡而动人，闪耀着明亮的光芒。他们求善求美、昂扬向上的精神值得我们尊崇和学习。

本书笔触柔和文气、情节清晰、细节动人，又不乏作者作为铁路人的专业眼光描述，对我有莫大的启发。对于一个写作者，作者能同时具备敏锐的感知力和灵动的文笔，也是非常难得的。比如，书中这样描写少年时姐妹三人对铁路对远方的无限向往，“伴随着悠长的汽笛声，一列全身深绿色的旅客列车轰隆轰隆地由远而近飞驰过来，车窗里，三三两两的旅客悠然地坐着聊天，看书或是看看窗外的风景，他们就像是美好的梦，也跟着列车在姐妹三人眼前轻盈地划过，又消失而去，无影无踪。姐妹三人站在铁道边，眼睛跟着无尽的铁道线，内心充满了无限向往和怅然。”

作为一名铁路子弟和铁路职工，我对书中的很多细节和铁路工作场景都有深深的共鸣，给人以寄情的希望。跑车、接车、交班会、添乘、包保、大检查等这些铁路术语和词汇，对我们每一个铁路职工和干部都是异常熟悉和亲切的，如影随形。

书中写小艺和母亲的对话，“铁路需要火车头，需要给火车提供开行条件的车辆、铁轨，更需要铁轨下面的枕木、道砟。妈妈，像你们这样一辈子在工地上打石头、推道砟的人更重要，你们就是铁道线上的石子道砟，没有这些石子道砟，线路会垮、火车会翻，对不对，妈妈？所以，你们这些人最基础也最伟大。”读到这里的时候，我想起了我所在单位的职工，他们何尝不是如此呢。我曾和他们一起在暑气蒸腾的时节参加过施工，看见他们汗如雨下的脸；曾跟着他们在寒冷的冬日里扫雪；也曾在下着大雨、漆黑的夜晚去巡查线路，很多很多这样的职工，我们并不能叫出他们的名字，只知道他们有一个平凡而动人的称呼——铁路人。他们正如一颗颗石子和道砟，是铁路飞速发展的基石和力量。

“从前，小艺最喜欢的就是富有诗意的雨雪天、聆听、静观，多有诗情画意啊。可是，现在最怕的就是诗情画意的雨雪天，因为越是这种天气，越是容易出现机车故障、车辆故障等非正常情况，那列车就会晚点……”作为一名铁路女性工作者，我也和小艺一样，喜欢诗情画意的雨和雪，而进入铁路工作以后，每逢雨雪天气，我的脑海里也如小艺一样，浮现的是同事们的添乘、雨巡，故障等令人心忧的画面。

小艺的故事具有很强的代表性。文中写道小艺作为单位的骨干力量，繁忙的工作让她无暇顾及生病的父亲，也无暇照顾年幼的女儿点点，甚至年三十依然在岗位上值守，造成了生活中很多不可弥补的遗憾，而这些都是很多铁路人工作和生活的真实写照。我想，每一名铁路职工都能在《汽笛声声》这本书里看到自己的影子，感同身受，潸然泪下。

时间如水，30 多年转瞬而逝。日子看起来和往常的每一日都一样普通，像一碗水一样平静，可是我们跳进的生活的大海已经改变。铁路从绿皮火车到红皮车再到动车高铁，城际列车、合武动车、武广高铁、宜万线在山川河流上四通八达遍布开来。小艺从一名青涩的、少年不知愁滋味、看看书听听广播的女学生俨然变成了分身乏术的中年女性。面对巨大的工作生活压力，小艺不仅尽职尽责，在生活中还要赡养父母、照顾孩子。面对重重困难，小艺也曾迷茫，也曾掉过眼泪，而大多时候是赶快擦掉眼泪，迅速投入繁忙的工作中。

仔细想来，"小艺"是懵懂青春的，洋溢着少女的青春气息，而经历半生风雨最终沉淀的"老艺"更显芳华和女性的魅力。也许，每个人在成长过程中都必然会有一些疑问，当你经历过生活的翻滚和浪花以后，达到豁然开朗的顿悟。最后，进退自如，丰俭随意，而心也如雨水洗过以后的天空，是彻底的清澈了。

在工区、车间、科室工作的几年中，我观察到大部分的铁路职工，一辈子要和钢轨、列车、旅客面对面打交道，日复一日，年复一年。他们平凡却不平庸，他们是小人物，却决定大事件，他们有自己的情绪和故事，而这些细碎的故事和生活，很多不被铁路外的人所知悉和完全了解。

作者用细腻的文笔将铁路的发展变迁和小人物的喜怒哀乐结合在一起，既有铁路的精确、严谨，也充满着浪漫和温情，引人入胜，吸引着我们和故事中的人物同喜同悲，于细节中理解铁路、走进铁路职工的内心。

在我们当下的社会中，女性在工作和家庭中来回穿梭，在不同的场合扮演不同的身份，唯独没有属于自己的时间。就如文中的小艺，中年时期，面临着工作、家庭、老人、子女的重重重压，像永不止息的急行军，艰难前行。我深知作者在这样的条件下，能一气呵成写下这样一本厚重的小说，是极为不易的，这些都让人钦佩。在和作者的交谈中得知，她也是在无数个深夜独自对着电脑写下这40万字的书并反复修改，写作过程是艰难而痛苦的，也是甜蜜而充实的，而这一切都值得。

在我看来，《汽笛声声》这本书如沿线路边一处处蓦然盛开的梨花，有自然的清气和洁净，有着铁路的朴素和坚韧之美。汽笛声声里的那些铁路芳华从未远去，那些过往的记忆绵长而悠远，那些平凡而动人的故事就在眼前。

让阳光渗透心灵

心理学家曾做过一个很有趣的“半杯水”试验，面对同样的半杯水，悲观者垂头丧气，哀叹道“我只剩下半杯水了”；而乐观者却神采奕奕地说：“我还有半杯水呢。”如此的现象在生活中更是不胜枚举。

由于自身工作的缘故，我乘坐火车跑通勤的次数很多，因此接触到的列车工作人员也非常多。有时候，我也会聆听他们之间的对话、观察他们的神态和表情，久而久之，发现了一些很有意思的现象。

比如，在清晨的一个特快列车上，我看到有一位这样的列车员，满脸的阴霾，好像一团乌云。她见到乘客就要抱怨几句，如同鲁迅笔下的祥林嫂一般。如果是遇到像我们这样的铁路同行，话匣子打开以后更是停不下来。她阴沉着脸，自怨自艾，小声嘟囔着自己的岗位是如何辛苦如何不开心，工资低不说检查还多，还要面对形形色色的旅客等，简直糟糕极了。这样的环境让人窒息，坐在对面的我，忍不住都要远离眼前的低气压区。

在夏日的某个午后，我也曾遇到过这样的一名列车员，长相并不出众，却能给人眼前一亮、光芒万丈的感觉。沉闷燥热的车厢环境令人焦虑烦躁，我努力地让自己平静下来。此时轻快的声音一下便吸引了我的目光，身穿蓝色铁路制服的她一边轻声哼着欢乐的歌，一边整理蓝色的窗帘、弯着腰仔细地打扫卫生，连地上的一个瓜子壳都不放过。一会儿的工夫，车厢里被拾掇地干净极了，还不忘甜甜地和大家说有什么时候需要可以随时喊她。下车的时候，她开好门，还细心地叮嘱道："注意安全噢，慢点下车……"下了车以后，这样温暖的面容依然浮现在我的脑海里，久久难忘。

日子久了，心里就在默默地思考：为什么会产生这样的现象呢？同样的列车员岗位，有的人报以积极的心态、充满干劲，快乐地工作，而有的人却消极怠惰、郁郁寡欢。

"心态变则意识变，意识变则行为变，行为变则性格变，性格变则命运变。"这也就是说心态决定了我们的命运，想来是很有道理的。在人生的路上，有起有落，有得意有失意，但是以何种心态来面对却完全取决于我们自己。

积极的心态能够使我们无论面对什么样的境况都能充满信心和希望，从而引领我们走向更好的方向；而消极的心态则会让人更加消沉，从而更加陷入无法跳出的怪圈，最终一事无成，蹉跎人生。

因此，在生活和工作中，当你不如意时，不妨换一种心态，换一个角度，让阳光渗透心灵，用积极的心态拥抱生活，你将收获一份新的人生！

第四辑　沿途景

耦园小记

与耦园的邂逅是在一个烟雨空蒙的午后，过平江路，闲步在被三弦、琵琶声调拉得长长的雨巷，聆听雨水滴在青石板上溅出的轻灵旋律，一直向前走，便来到了这个三面临河、一面通街的小园子。粉墙黛瓦，映衬着小桥流水，有着浓郁的江南味道。

说起耦园的故事，要从园林夫妇的爱情说起。耦，与“偶”同音，取自耦耕，古时农耕的一种方式，需要两个人合力才能完成。清末，意欲归隐的沈秉成，携着刚迎娶的继夫人严永华，在靠近姑苏城的运河边上，觅得了这座枕河而栖的园子。从此，原来的“涉园”更名为“耦园”，夫妻两人于此共筑居所，诗酒联欢，开始了这段枕波双隐的佳耦良缘。

耦园，园子不大却很精致，住宅居中，东西各有一个花园。耦园的一宅两园布局，在苏州园林中颇为罕见。东西花园的功能和布局不尽相同，却相互呼应。西花园小而精致，有书斋“织帘老屋”和园林主人宴请宾客饮酒的“载酒堂”，高大宽敞。北面是一座古朴的藏书楼，南面则有小巧玲珑的湖石假山，规模不大，却极尽峰峦秀丽，环境清幽。

走过镶着精美花窗的连廊，来到耦园的中部，这是园主人的住处。

楼厅前建有砖砌墙楼，砖雕精美，题有“诗酒联欢”。

从住宅区向东，便是东花园。有女主人的读书房间“无俗韵轩”和用来消夏赏花的“藤花舫”。无俗韵轩的门前是一方小庭院，院内花木扶疏，竹影婆娑，又有玉兰香气环绕，玉兰树下设有兰花凳，可小坐歇息，可坐在轩内听树涛阵阵，也可坐在园中嗅花香四溢。

东花园布局以山为主，以池为衬。东花园的精华是一座气势雄伟的黄石假山。与苏州园林里常见的太湖石不同，黄石给人的感觉朴拙坚厚。黄石假山，主要由一大一小两侧山峰和山谷组成，东侧“留云岫”为主山，陡峭险峻；西侧“桃屿”是小山，山势平缓；整座假石的呈东高西低之势，东面靠着受月池，西部形成山谷“邃谷”，整座假山看上去浑然天成，气势雄伟。

城曲草堂位于假山北面。立于草堂内，及目便是黄石假山林立，院中又有芭蕉二三，松柏成荫，这般情境，正如城曲草堂内的楹联上书，“卧石听涛，满衫松色。开门看雨，一片蕉声”，所谓静以致远，大抵如此。

旁边有受月池，点缀在水池上大大小小的亭台楼阁，有高有低，错落有致，“听橹楼”“吾爱亭”“望月亭”等名字，听来就充满诗情画意。相传女主人常在“吾爱亭”弹琴，悠悠琴音传入“听琴轩”中的男主人处，绵绵情意均寄于这流水般的琴声里。

其中最喜欢的是一座名为“山水间”的水阁，临池而筑，造型别致精美，名副其实，前后皆景。取欧阳修“醉翁之意不在酒，在乎山水之间也”。此时，秋意渐浓，金桂飘香，流连山水间，宁神养心。

在东花园圆洞门内墙上，有一砖刻隶书对联：“耦园住佳偶，城曲筑诗城”，横额书“枕波双隐”，系园主沈秉成夫人才女严永华所撰。“耦”通“偶”，即指佳偶连理，又道出园宅的特征，布局上中轴对称，东西花园对应。此联南有月洞门，象征月亮；门东粉墙上有圆镜式花窗，象征太阳。这对门窗有“日月同辉，夫妻谐美”之意，和这诗联共为此园的精神写照。这对归隐的夫妇远离纷扰的世事，在这个美丽的小园里过着或静修著述读书，或“诗酒联欢”“东园载酒西园醉，南陌寻花北陌归”的自在生活，这静好的岁月就这样悄悄流逝。

“东园载酒西园醉，南陌寻花北陌归。”耦园无论从立意还是布局都相互映衬，一花一草、一亭一阁皆能看出园主夫妇的鹣鲽情深。古时文人含蓄的婚姻恋爱观，通过这座园林展露无遗。在耦园的八年里，两人度过了最美好的岁月。

也许是因为一整天都下着雨，幽雅宁静的小花园中只有我一人在闲逛，参天的老树上不时传来清脆的鸟鸣声。在园子里流连，遥想当年的园林生活。如今，耦园的历史更迭早在时光的烟云中消散，但沈秉成和严永华的爱情，却让这小小的园子流芳至今。

雨中瞻园

呀，盘古到如今。江南锦绣，金陵风雅情呀。瞻园里，堂阔宇深呀。白鹭洲水涟涟，世外桃源呀。

去南京，恰逢是梅雨季节。出发前准备充分，规划好路线行程，有了明确的目的，直奔自己想观想赏的地方：瞻园。时间充裕，又去了甘熙故居、秦淮河、夫子庙、总统府和江宁织造博物馆。

为了避开人流，清晨早起，从平江府路步行到瞻园。时间尚早，园子分外静谧，一个人逛园子，实在是欣喜万千。对园林的喜欢和痴心是被书籍滋养出来的，以前也造访过耦园、豫园等，但都是在炎热的天气，一直以为雨中的园林是最美的，雨阔烟深，最契合自己的心境。

雨天的瞻园更是宽阔，屋檐上的雨水像断了线的珠子坠落下来，亭亭如盖的琵琶树，葡萄涨绿，榴花耀眼，坐在亭子里听雨打芭蕉的声音，看水中嬉戏的鸳鸯……访园如访人，自带诚意和心境，才能相处愉快，相看不厌。平时熟读相关文字，记下好看的建筑，用心的布局，点睛的手笔，然后一一对上实物，这是一种乐趣。瞻园最值得看的是静妙堂南北的两座假山，南面的假山是出自园林学家刘敦桢的手笔，有瀑布，古木，而北面的是明代假山，虽是人作，宛如自然。

雨中的园子真是美极了，庭院深深，植被茂盛，愈发显得园子里的宁静，深处其中，都会自觉收敛，内心平和，让自己融于自然，消弭疲倦。我想，这就是我喜欢园林的初衷，意向平和静谧，布局错落有致，花草自然更替，鸟兽优哉游哉。

从光黄古道到小漆园

2018 年的正月初一，宛若人间四月的天气，大别山早已透露出春天的讯息。我和友人来到湖北麻城的光黄古道和黄土岗镇的小漆园，行走在日月洪川里，越陌度阡，风景如画。我们静静地感受山风日色，只觉前世已照面，今生又相逢，处处皆美景。

我们远离市区，来到郊野。一眼望去，有平畴远畔，高大挺拔的松树、杨树；有疏零的叶子，条状的藤蔓，半青半黄，拉拉扯扯，在阳光下闪烁着点点金光。不远处的浮桥河亦是波光粼粼，河水边是蒹葭苍苍，再远处是若有似无的山峦，好像泼墨在宣纸上洇染开来。

山坡上是裸露的岩石，松软的砂质土壤，层层叠叠的落叶，丛生的蕨类植物，随风摇曳的高大芦苇丛，喜鹊立在枝头。大地、山川、河流，在阳光的照耀下成了金色，空中好像洒满了金粉银粉，幽邃华丽，表述着大美山川的情意暖意。

光黄古道是古时由河南光州至湖北黄州的官道，自唐朝时就已经存在。古道连接着南北交通，中原和江南。如今人迹罕至，几乎埋没在荆棘丛中。

我们行走在山间，那斑驳的驿道凿痕、车辙、古碾以及被荒草遮掩的百丈阶，向我们诉说着昔日的历史故事和岁月的沧海桑田。

唐会昌二年（842 年）春，杜牧被宰相李德裕排挤，外放为黄州刺史，经此官道。写下了“清明时节雨纷纷，路上行人欲断魂。借问酒家何处有，牧童遥指杏花村”的绝唱。

元丰三年（公元 1080 年），宋朝大文豪苏东坡因“乌台诗案”，被贬为黄州团练副使。也是正月初一的日子，他从京城汴梁出发，山一程，水一程，奔赴黄州，走的也是这条古道。

徜徉在光黄古道上，遥想当年苏轼携带家眷，过淮河，越光山，来到麻城地界。路过麻城的大安山（春风岭），岭上梅花正盛，香气袭人，山谷里水流潺潺，别是一番美景。他因此写下著名的咏梅诗：“春来幽谷水潺潺，灼烁梅花草棘间。一夜东风吹石裂，半随风雪度关山。何人把酒慰深幽，开自无聊落更愁。幸有清溪三百曲，不辞相送到黄州。”

据记载，元末明初、明末清初两次湖广填四川的移民大潮中，有一部分移民扶老携幼，千百为群，络绎不绝，正是沿着杜牧、苏东坡走过的这条古道，走向了前景难卜的远方。

遥想当年，移民们古土难离，依依不舍。他们在村子里来来回回走了个遍，到祖坟烧纸钱，还去举水河舀一碗凉水喝。他们怀着复杂的情感，背上一把古道的黄土，把对故乡的思念留在心里。他们带着干粮、食盐和铁锅，携老带幼背负行囊，在村口和族人、亲朋泣别，是何等的别离伤感。他们在一声声“保重”中，个个泪眼蒙眬，一步三回头，依依不舍地沿着这条古道远离故乡，去湖入川。

想着移民故事，追寻昨日遗迹，古道旁边巨大的卧牛石引发了我们的注意。灰白色的卧牛石在落日的余晖中显得古朴厚重。无论岁月如何变迁，总有一些印记，把我们重新带回百年千年前的历史深处。

环顾四周，远处山峦起伏，蒹葭和芦苇随风摇曳，水光粼粼，山谷肃穆。我们静静伫立在斜阳中，用手去触摸温润的卧牛石。

卧牛石呀，卧牛石，见证了多少人的悲欢聚合？感受到多少人的离情愁绪？行走在光黄古道上，我们的思绪随风飘荡，历史的场景仿佛在眼前重演。杜牧和苏轼曾在古道上漫步和徜徉，也像我们一样独立黄昏，面对卧牛石深思默想。他们被光黄古道美丽的景色吸引而驻足停留，为我们留下了动人的诗篇。

那时候，官员、商人、农人、移民沿着这条道路，奔向广阔的天地。南来北往的马车慢慢驶过，骏马嗒嗒地敲击着地面，溅起阵阵沙雾；驴子的嘶鸣声在大山里回响，旅人的喧闹，天籁的美妙，都逐渐汇入历史的长河，至今仍能用心感知。

据族人传说，百年之前，小漆园的先祖何氏率领众多族人也曾沿着这条光黄古道，顺着长江，翻山越岭，一路风尘仆仆，来到麻城地界，定居在高山深处。他们勤扒苦作、艰苦创业，在远离人群、芳草鲜美的桃花源里生息繁衍，过着“日出躬耕绿野，日落沉醉红霞”的安稳生活，为我们留下了中国传统村落：小漆园村。

这天下午，我们沿着光黄古道，循着古人的足迹，一路前行，经过了青山隐隐水迢迢的绝妙圣境，前往黄土岗镇小漆园村追寻访古人的足迹。

小漆园村，距离麻城市区三十多千米。我们穿过开阔的福白菊河谷，经过大别山瀑布群中的响龙潭瀑布，穿越一层层的盘山公路，柳暗花明，寻得佳境。当我们来到小漆园的时候，黄昏降临，山间起了微风，屋檐上飘着绸缎式的晚霞，将村落渲染的格外安静。我和友人静谧地站立于山野之间，感受着令人心神澄净的黄昏。用心灵感受圆圆的落日，一点点消减，缓慢地落下，将小漆园装扮成童话世界。

隐藏于斯的小漆园村被称为白云深处的人家。村子坐落在山中狭长的盆地里面，由东南向西北呈条状分布。这个不起眼的村落居然有着五百多年的历史，四周古木环绕，流水潺潺，是一方有山有水有历史的宝地。

整个村落大体分上、中、下三垸。何氏先祖最初居于上垸，然后渐次向中、下垸发展。村口兴建有牌坊式的门楼，立有上马石和下马石。所有民居以祖屋为中心，呈“井”字形向四周发散。祖屋为典型的大别山区天井式建筑，以廊柱为支撑，以木板屏风为间隔，四水归堂，高大气派，为何氏家族祭祀庆典的场所，可以想象它百年前的庄重与繁华。

透过眼前被岁月洗礼的青石巷道、风蚀雨刻的青砖黛瓦，似乎仍可窥见古村落曾经的富足和安稳。据当地村志记载，明朝时期，小漆园村的先祖江西庐江太守何季什，因不满朝廷腐败，挂冠归隐于此地。

村民百年来在这片土地上安家立业，从事劳动和耕作，繁衍生息，生活安定。何氏族人以农耕为业，垦荒造庐，使小漆园渐渐成为方园百十里闻名的偌大村落，鼎盛时人口达千余人。

几百年后，随着经济的发展和社会的变迁，如今很多村民已迁居到镇上、市区，小漆园渐渐趋于破败。村落中随处可见断壁残垣。不过依然有一部分生于此、长于此的居民守护在这里，致力于小漆园传统村落的发展、保护和传承工作。

小漆园正因为大家的保护而焕发出新的光彩。在霞光的世界里，小漆园村透露生机与灵秀。这里长亭短亭，柴门流水，皆成金色，有一种山河照影，岁月安稳的感觉。村口的古树高大耸立，山上是银花花的野芒，溪边长着一丛丛的凤尾草，合围而居的山里人家炊烟袅袅，古韵十足。

“真是一片宁静之地！”友人禁不住赞叹说。

“是的，这里是白云深处的净土，还是《诗经》的纯净世界。”大家议论纷纷。

怀揣旧日梦想，我们徜徉在小漆园的青石巷子里，望着房屋建筑飞起的檐角和精致的镂空花纹，想着村子的百年历史和四季风景。春日君临的时候，小漆园庭院中，畦田中，陌头上，一枝桃花一片春色，热闹非凡。夏日降临的时候，池塘里的莲叶田田，暗香浮动，开满了粉红月白的荷花；秋天是它多姿多彩的季节，满山的银杏叶闪烁着明晃晃的温暖，金黄色的稻谷满满当当；大雪飘飞的日子，白雪覆盖了整个村落的屋顶和檐角，犬吠声在村中回响，夜晚格外漫长。

日子一天天流失，小漆园的故事仍在延续。这里的村民奉行着“晴耕雨读”的理念，恪守着“日出而作，日入而息”的生存法则。整个村子弥漫着令人舒服的妥帖温情，隐藏的吉祥与喜气让人感受久远的美好。

我们静默着等待黑夜降临。夜空完全黑暗的时候，村落的一切归于安静祥和。鸡儿进窝，牛羊进圈，农家的炊烟袅袅升起，夹杂着些许火星。女主人立在家门口，凝视着村外的蜿蜒道路，期盼着自己的爱人结束一天的劳动，回到家里一起吃上可口的饭菜。山中的岁月是慢悠悠的，站在屋檐下，看见田间的白鹭飞行，心里跟着静下来、稳下来。灯光逐渐隐退下去，夜色慢慢浸染一切，四周是一种温柔、包容的沉默。

五脑山夜游记

冬天的夜晚，我们忽然兴之所至，要去同游五脑山。换上运动鞋，搭着合身的衣裳，踏着月光，驾车而行。

五脑山位于湖北麻城市城区西北 5 千米处，海拔 342 米。由凤凰脑、鸳鸯脑、黄狮脑、双虎脑、金狮脑等五座群山连接而成，因此命名“五脑山”。

五脑山地处鄂、豫、皖三省要塞，为鄂北咽喉。东接大别山之奇，南望汉江，西北雾锁群峰。山上环境清幽，峰峦耸立，洞壑幽深，溪水潺潺，风景绚丽，历来是修身养性的好地方。

我们把车子停在山脚下，开始一步步拾级而上。山势不陡，道路两旁树木挺立，满目金黄，密密匝匝的枝丫与树叶四散如伞般张开，十分壮观。抬头仰望茂盛的树木，枝叶掩映间，恰恰露出一座古寺——法华寺。

寺院的檐角掩映在密麻的山林之中。每一块斑驳的墙壁、每一片沉寂的瓦砾都暗藏着趣闻典故，每一处都在述说着岁月的故事，你听到了吗？

黑黢黢的山里，渐次明亮的路灯陪伴着我们一路前行。

刚上山的时候，道路是笔直且宽阔的，我们边说着话边轻快地走着，不知不觉身上慢慢变得温热，脚下、手心、后背开始沁出汗珠，热气腾腾的。

山路的两边，柏树、枫树、松树笔直地耸立着，茂林修竹。抬起头向天空望去，是漫天的繁星点点，好像童年夏季的夜晚，坐在竹椅上摇着蒲扇看满天繁星。

拾级而上，我们来到麻姑仙洞，暗黑的夜晚，明亮的灯光照亮这一方土地，麻姑仙子眺望着远方，守护着整个小城。

清褚人获《坚瓠集》中曾记载善良的麻姑在五脑山中得道成仙的故事："麻姑，麻秋之女也。秋为人猛悍，筑城严酷，督责工人，昼夜不止，惟鸡鸣乃息。姑有息民之心，乃假作鸡鸣，群鸡相效而啼，众工役得以少息。父知，欲挞之，麻姑逃入山中，竟得仙而去。"

思绪随着夜晚的灯光纷飞。遥想当年善良的麻姑不忍工人昼夜辛苦筑城假作鸡鸣的画面，被父亲追赶逃亡山中，最后升仙的场景。我伫立而望眼前的仙子雕像，向她作揖致敬。朋友唤我的名字，才恍然回过神来。

继续向山上走去，台阶变得狭窄，道路不再平坦，凋零的树叶铺满了台阶，我们开始专心地爬山，静得可以听到自己一步一步的脚步声和呼吸声。

临近山顶的时候，黑夜愈发的安静。穿行在蜿蜒的山路上，只听见呼啸的风从耳边吹过，穿过路边的竹林，环佩声作响。地上的树叶子被风吹的沙沙作响，从前面的山坡上翻滚下来，犹如一只只小动物向我们奔跑而来，我们几个不自觉的笑出声来。脚步踩在树叶子上笃笃的声音就在耳边。听着这些声音我恍然大悟，原来我们的生活中还有这样曼妙悦耳的声音，抵得过所有的乐曲。

置身在夜晚的山中，风吹竹林声、脚步声、树叶的沙沙声，寺庙飞起的檐角，远处一灯如豆，麻姑仙子茕茕而立，不由得产生不知今夕何夕，此处为何处之感。我们好像和五脑山融为了一体，成了山脉的一部分。这种游览如此的休闲，简直好像置身在自家的院落之中，满眼皆是美景，满耳皆是动听的声音。

“且夫天地之间，物各有主，苟非吾之所有，虽一毫而莫取。惟江上之清风，与山间之明月，耳得之而为声，目遇之而成色，取之无禁，用之不竭，是造物者之无尽藏也，而吾与子之所共适。”北宋的苏轼和朋友在黄州泛舟游赤壁之后曾写下这样的句子。

天地有大美而不言，在这样一个冬季的夜晚，我们穿梭在山林之中，山间的明月，林间的清风，满山的好空气，还有曼妙的夜色，尽收眼底，尽在耳中，我知道此刻的我们是悠闲的，是富有的，是幸福的。

下山的时候，朋友在山中大声地喊着彼此的名字，洪亮的声音随着风一点点消散而去。我们几个放声大笑起来。我想，很多年以后，我们依然会记得这场“兴起而至，兴尽而归”的夜游记。

一湾河岸

采采流水，蓬蓬远春。窈窕深谷，时见美人。碧桃满树，风日水滨。柳荫路曲，流莺比邻。乘之愈往，识之愈真。三月的时节，春事烂漫到难收难管，是明亮的，是新生的，是简静的。

东方为春，春者，出也，万物之所出生也。万物复苏，周围是新芽绽放的声音。春季就像一朵花蕾，在开放。

这样的春日，燕子飞时，东风入怀，浅草清明，烟云连绵；这样的春日，清风也可以来，竹林也可以栖，天光云影，可以徘徊；这样的春日，手上结着清晨的露珠，脚上挂着红色不知名野果，刷刷地疾步风行。于是，我和朋友相约一起出门探春访村，去看那一湾河岸。

当汽车远离城区，在田园阡陌之间欢快地穿梭，一湾宽阔的水面映入眼帘。温柔的春风拂过，水面是一层层的涟漪，河水清澈，游鱼欢腾地嬉戏。河岸边的柳树枝条冒出嫩芽，仿佛是一夜之间的秘密。嫩嫩的叶子，很是可爱。气温回升，空气里弥漫着温热的气息。

再向前走一些，越过宽阔浩渺的水面，河对岸的村子轮廓渐渐清晰，房屋建筑鳞次栉比，青砖黑瓦，翘起的檐角映入眼帘，远处的山峦若隐若现，宛若少女的眉黛。

我心里暗暗地想“谢店村，原来你在这里！”而谢店村亦是知道我来了，带着诚意和心境。

湖北麻城市宋埠镇谢店村，是隐藏在山中的一座传统古村落，位于湖北麻城西南边陲，西北和红安县隔河相望。村子管辖着 28 个村民小组，518 户，共有 2000 多名人口，12km 的面积有山林、耕地、水面，植被丰盛，河水蜿蜒，池塘密布，宜居、宜游、宜业。

仔细看过去，可以看到村子的房屋保持着鄂东的传统建筑民居风格，具有高台基、深出檐、美山墙、巧构造、精装饰、红黄黑的特点。房屋依附于地形灵活布局，院落、室内外均有高差，青砖黑瓦，颇有灵气。

村子里的这一湾湖泊为尾斗湖，水面如织，将村落和外面的城市喧嚣隔绝，村中有水，水中有村，阡陌交通，屋舍俨然。村民家家户户的院子里悬挂着满满当当的腊肉和鱼，洗好的床单在阳光下晾晒，上面镶嵌着红色的囍字，喜庆和吉祥。鸡鸣声回响，零星的黄狗惬意地在阳光下漫步，大白鹅昂着脖子骄傲地迈着步子，羊群在山上聚集，好像一团团移动的云朵。

现在的谢店村很多年轻人已经离开，奔往五湖四海的各个城市，或是读书或是工作或是嫁娶，只有一些生于斯长于斯的老人坚守于此，对古村有着深情厚谊。遇上天气晴好的日子，老人们纷纷从堂屋里搬出小竹凳，闲适地坐在院子里吃着瓜子剥着花生，旁边的清茶冒着氤氲地的热气，茶叶在水中翻滚，小猫温顺地眯着眼睛睡在老人脚跟前，风把院子里晾晒的衣服吹成九十度，一片清明和洁净，有着现世的安稳和吉祥的样子。

我们主动走上前去搭话，老人见我们过去，笑逐颜开，像早晨露水里山川草木的爽气。她走路麻利，动作爽快，热情地招呼我们进屋子里坐，给我们倒了热茶喝，和我们一言一语地聊着自己远在外地的儿女，聊着村子的前世今生，见证这里的人来人往。

从老人家里出来，阳光落在身上，异常暖和。明亮而温暖的天气，阳光铺满了整片大地，树叶上泛着光，波光粼粼。我们在村子里漫无目的地徜徉，顺溪而走，去看看蔬果植物的生长。菜薹与蚕豆都开了花，温柔可亲。很喜欢这个时节的野蔬，荠菜、马兰头、豌豆苗，紫云英，香椿头，皆为鲜美。菜地里的红萝卜圆滚滚的露出头来，嫩绿的叶子新润可人意。童年的时候，我挎着小竹篮挑野菜，总是难以忘却的往事。那是小时候和长辈一起游戏般的劳作，充满着山野之趣。

村子里满树繁花，花色正盛，春色很浓。虽都是梅花，庭院里的梅和田野之间的梅开起来却是十分不同的。几扇木门扉，跨门而进的左侧恰一株古意盎然的老梅，开得七八分繁盛，绚烂异常。但又不似桃花那么过于活泼，也不似樱花偏于纤柔。梅花，恰好有宋人雅士的气质。几阵和风，粉色的梅瓣轻盈飘落，小巧的缱绻的轻触陈年的青砖。

远处有一片小梅林，红红白白相间，一只蝴蝶不经意飞来逗留于自己的袖口。眼前如有霞光，香雾阵阵，小立花下，尤觉有春浓之感。相较于庭院中的梅花，这梅林更具备大自然的感染力，有山林的幽趣。

古人说：宁可食无肉，不可居无竹。无肉令人瘦，无竹令人俗。人瘦尚可肥，士俗不可医。对于谢店村平常屋后的竹林，我也是爱之不尽的。竹子的好处是一个“疏”字，太阳光照进竹林里，疏疏斜阳疏疏竹，千竿万竿皆是人世的悠远。风吹过竹林，泠泠作响，如环佩之音，洗耳洗心。

三月的这一天，日色如金，一整天徜徉在村落之间，好像陈皮一样晒在日光下。在村子里，我们并肩坐在岸边，听着河水拍打着岸边的声音，犹如海浪声。我和朋友在地上捡拾小石子打水漂，比赛谁的涟漪多，谁的石子丢得远，宛如童年的时光。

我们在闻涛亭看书读报，春风拂面，和风习习。我们在当地的居民家中听鸡鸣犬吠和白鹅的叫声，和老人话着家常，感受着寻常的安稳日子，朴实的快乐。我们在田野里感受着山风日色，嗅着梅花若有似无的香气。有那么一刹那，忽然觉得眼前的升平乐事，这一湾河岸宛如春日一场迷离的梦。

访春记

效古人之风，三四好友雅集，游目骋怀、畅叙幽情，一时兴起便约了一起去访春。访春如访人，自带诚意和心境，才能相处愉快，相看不厌。

据当地人介绍，湖北麻城桃花开的最盛的地方，当属白果镇的木牌楼村，一行四人驱车前往。阡陌纵横、鸡犬相闻的小村庄笼罩在春天的疏雨中，路边的油菜花零星的开着黄色的花，好像凡·高的画。

二三月期间，大气中的自然运行非常微妙复杂，或许是前几天的乍暖还寒，气温骤降，去年此时大面积盛开的桃花今年并未如约而至，只是零星的树枝上缀着花骨朵儿。乘兴而至、兴尽而返，访春的心情并未受到影响，于是决定直奔阎河镇九龙山。

白色的车快速地穿梭在湿漉漉的路上，向车窗外看去，路边是如少女般细软的垂柳，是娇俏的鹅黄色。再往远处看去，是烟雾中若隐若现的山峦，连绵起伏、层次分明，像极了江南的水墨画。朋友说："若是白云万顷的晴朗日子，风景应该更美……"我却不以为然，于我而言可能更偏爱斜风细雨中的春日。烟雨蒙蒙，愈发显得整个世界的宁静，深处其中，都会自觉收敛，内心平和，让自己融于自然，消弭疲倦。

行至一处小路，映入眼帘的烂漫的桃花让人心生欢喜，忍不住驻足停留。人迹罕至的郊野外，空旷的田野，桃树疏疏落落三两棵，临水而开。几簇粉色的桃花显得分外艳丽，水里是几只野鸭欢快地游着，走进跟前，眼前的桃花真是好看，像一朵朵嫣红的云。

“桃花一簇开无主，可爱深红爱浅红”。桃花是一簇簇的，有的呈深红，有的则浅红。深红，开得热烈，浅红，开得内敛，无论是深红还是浅红，都使人觉得欣喜，若不是坚持寻春至此，或许就见不到野外如此的风景。

抬头向上看去，一列列动车从铁路桥上风驰电掣地穿过，作为铁路工作者的我们，更是对这些有特别的感情和亲近。旁边的朋友感慨道“随着铁路的迅速发展，京九，合武高铁，麻城俨然已经成为交通枢纽，越来越多外地的人们过来看麻城的杜鹃花、爬龟峰山、喝老米酒……”

接着一路前行，抵达九龙山和柏子塔。塔基在九龙山。据当地人介绍这是一座唐朝的柏子塔，距今有1200多年了，因塔顶有一棵柏树遂得名。传说当年唐王李世民为了镇压当地的龙形地貌和皇家风水，修建了此塔。

我们一路爬到山顶，站在塔前遥望周围的地貌，果然特别，以塔为中心，四周分布着九个隆起的山脉，为火山岩构成，好像九条巨龙，想来也是此山名字的由来。柏子塔下，有一寺庙，满山无树，唯独庙前有一小片竹园，两株古柏，一口水塘，静谧清幽，让人心旷神怡。

北宋的王安石在《游褒禅山记》中曾这样感慨：“古人之观于天地、山川、草木、虫鱼、鸟兽，往往有得，以其求思之深而无不在也。夫夷以近，则游者众；险以远，则至者少。而世之奇伟、瑰怪，非常之观，常在于险远，而人之所罕至焉，故非有志者不能至也。”穿梭在暮烟疏雨里的我们一路走来，心有戚戚焉。从城市出发，抵达了几十千米外的村庄，驻足了人迹罕至的郊野，爬上了一座又一座的山峦，收获了如此多动人的美景，陌上桃花、雨中青山，和春天撞了个满怀。

夏天的味道

窗外的蝉鸣连成了线，再也没有断过。盛夏若无其事地跨进窗户，坐了下来。夏天是什么味道呢，于我而言，是荷花的馥郁，是莲子的清甜。

盛夏时节，荷塘里“一花深结千千蕊，一捻微红开在水。一天凉露滴无声，一翦东风生妩媚”的景象委实醉人。荷花之馥郁，避暑而暑之为退，纳凉而凉逐之生。这时候，总念着采莲女，仲夏的郊野，骤雨初歇，莲叶田田，菱花摇漾。气清时和，藕花深处，边采边唱：若耶溪傍采莲女，笑隔荷香共人语；日照新妆水底明，风飘香袂空中举。岸上谁家游冶郎，三三五五映垂杨……

读《浮生六记》，里面有这样动人的细节，“夏月荷花初开时，晚含而晓放，芸用小纱囊撮条叶少许，置花心，明早取出，烹天泉水泡之，香韵尤绝。”书中的芸娘心灵手巧，利用荷花黄昏含苞、隔日清晨盛开的特点，晚上用一个小纱袋盛些茶叶，放到荷花的花心，到了第二天早晨，莲花开始绽放，里面的茶便有了莲的清香。

莲实与藕，又皆可并列餐盘，互芬齿颊，正合幽人素心之口，即便不食，单是看着也是凉意顿生。莲实之味，美在清晨，水气夜浮，斯时正足。若日出露晞，鲜美已过半。捧着手中的莲蓬，颗颗剥来，褪去翠衣，鲜洁的莲子白嫩而清甜，其清味甚过甜味。

何以消夏？赏荷吃莲。这时候又要听起蒋调《莺莺操琴》：香莲碧水动风凉，水动风凉夏日长。长日夏，碧莲香，莺莺小姐唤红娘。瑶琴弹彻闺中怨……

秋意浓

傍晚的时候，天边有微微霞色侵过来。暑气退却，秋意渐浓，万景澄清。大概没有什么比四季流转更美的事物了。

高柳疏蝉依旧断续而鸣，紫薇花空对一钩新月，墙边的凌霄如火如荼，只是莲子已老，残荷却还可听雨，幽绿的芭蕉叶再无须作消暑之用。藕丝缠绵，也开始成熟到足以果腹，石榴结出饱满的果实，螃蟹肥了，星河浩瀚，鹊桥梦远。

秋日的天高云淡；秋夕的霞色满天；秋夜的风雨凄楚；秋实的硕果累累。多数人喜欢成熟的秋季，有着饱满、丰盛、幸福的储备感，生命也在此刻得以稳定安放：看一页书，听一段戏，悉心种一盆花，若是觉得开心自如，也并非因为花月秋风的精细质感，或者怀古的崇敬之心有多么高，而是这心间并无挂碍。而秋又似中年心境，淡泊下来，放下那些不甘与不舍，与现实和解而保持本心。

而写秋的文字，记忆最为深远的，是后赤壁赋里的深秋景致：“霜露既降，木叶尽脱，人影在地，仰见月明，顾而乐之，行歌相答。”东坡无论身处何种境地，即便挫折不断，本性的洒脱总在文字中见到。他眼中的月白风清，良夜有客有酒。又有山高月小，水落石出的景致，也是快意的。

初秋的澄明飒爽到深秋的枯瘦幽寂，我想大概恰似青年与中年的过渡吧。青年至中年，我还未到这样过渡的年纪，却也希望青春消逝以后，能获得优雅从容。

近些年来却越发向往这种简淡的心境。只是夜间常常醒来，又睡又醒反复，并非什么失眠，只是想在夜里多听听虫吟，多看几段霜月落在地上打出的影子，想起汉乐府有“明月皎夜光，照我罗床帏”“明月皎夜光，促织鸣东壁。白露沾野草，时节忽复易”之句，不由心底清凉升起，古时候的人，到了这季节会夜捣寒衣，寄给远方的人，并嘱咐努力加餐添衣，比之今日的一条微信，倒是不能言好坏，只是如写信一样，便捷的速度便少了些许诗意。

东坡说：世事一场大梦，人生几度秋凉。我们这些凡夫俗子们，梦过一场春天的花事，折腾了一个炎夏，此刻火气流散，收拾心情，勇敢得走好每一步。秋还未老，只是会想起很远的童年，坐在树的底下，吃枣子，数虫子，看月亮，都已成为遥远而亲切的回忆。

初夏时期的跑步

“你好，预约一下，明天早上六点开始跑步喽。”

“好。”

“那么，梧桐树下见。”

“好。”

五点半的时候，微信的声音会准时响起，一如每年都会如约而至的初夏。

当风把阳台上的碎花裙子吹起九十度的时候，夏天就这样到来了。路边的树叶子开始慢慢从浅绿变成深绿，在阳光下闪闪发光，空气中弥漫着花香的气息，而人忽然变得精神起来，想要好好地活下去。

我和朋友很默契地在六点钟的时候从自己的住处抵达梧桐树下，然后一起沿着梧桐树荫下、举水河畔、竹林、花径、山野之外一路迎着朝阳跑步。

我喜欢迎着早晨的太阳，晨光给人以新生的力量，温暖又不过于炙热。

五月伊始，路边的梧桐树一片浓荫，我喜欢在这一排排树下跑步，也许路的这头是我的过去，而路的那头是我的未来，而这绿色是初夏最动人的颜色，温柔又好看。每次将要离开的时候，我都会拉着朋友一起回望来时的路。

“你看，树叶子从金黄又慢慢变绿了呢，我们认识三年了。”

“是的，我们还会相伴很多年。”

沿着这片浓荫，我们会经过一片当地居民的菜地，有蚕豆，有颗粒饱满的豌豆，有绿的如翡翠一样的生菜，有结了油菜籽的油菜地，路边的桑葚由青慢慢变紫，由酸涩渐渐变甘甜……

有时候，朋友会悄悄摘三两个蚕豆豌豆或者摘一些桑葚捧在手心里，我们俩一起尝尝鲜，甜丝丝的。我打趣道摘豌豆还是窃豌豆呢，两个人哈哈笑起来，宛如童年的时光。

这个时候的野蔷薇俯拾即是，在田野间在河边甚至在前人的坟墓边都开得正盛，粉淡的颜色恰到好处，如略施粉黛的少女，带着几分天真和自然。金银花肆意地盛开，如金如玉，枝叶蔓蔓，香气袅袅。冬日里干枯的河如今已涨满水，河水泱泱，向城外流淌着。河边的竹林绿意盎然，一节一节的生长，脚下的竹笋从地下探出了脑袋，新奇地张望着这个世界。

初夏时节，在田园巷陌奔跑，我喜欢穿着舒适的运动衣服，有时候是黑色浅蓝色搭配米色的鞋子，有时候会是黑白色的短装搭配明黄色的跑鞋，出门之前画个淡妆轻装上阵。

天渐渐明亮起来，有些寒意。我们稍微做些热身的动作，便开始跑起来，不一会儿的工夫，身上已经开始微微出汗，再向前跑下去，额头上沁满汗珠，浑身都是汗水，筋骨舒展开，连脸上的毛孔也全部打开，感觉舒服和自在。

朋友也是满头满脸的汗水，有时候会把眼镜取下来用手抹一下汗珠，接着欢快地奔跑。

天地有大美而不言，如苏子所言“且夫天地之间，物各有主，苟非吾之所有，虽一毫而莫取。惟江上之清风，与山间之明月，耳得之而为声，目遇之而成色，取之无禁，用之不竭。是造物者之无尽藏也，而吾与子之所共适。”跑步的时候，我的身体和心里是饱满的，是丰腴的，是富有的。

跑步的时候，我经常忘记自己的名字、性别和年龄，甚至忘记自己是一个人，想象着也许自己就是一只在大别山下自由快乐奔跑的一只野生兔子或小狐狸。

跑步时，有时候会闭上眼睛，空气中的花香扑面而来，感受着微风拂面；有时候会静静地看看路边的风景，路边的野花一夜之间忽然盛开，是明亮的黄色；有时候会和身边的朋友有一搭没一搭地说着话；有时候听着朋友喊着铿锵有力的号子或者是哼着歌曲，我在旁边快乐地笑起来，燕子从身边飞过。

第五辑　人生味

所谓好运，不过是勤奋的叠加

我是那样清楚地知道，我要珍惜时间，每一天都不能虚度。哪怕会疲倦一些，劳累一些，一切都值得。可以在一天天的充实中看见希望，那是我一生为之追寻的。

这是一个大学校友青年作家李菁的座右铭，近日看到她第三本书籍的出版和畅销，很多人以为她是如此好运，碰到好的出版社，遇到好的机会，其实这不过是她十年如一日勤奋阅读、笔耕不辍的叠加而已，这些好运她都值得。

几年前的她是个自卑的胖姑娘，胆小懦弱自卑，几年后的她是个气度优雅、有才华的女神。她热爱阅读，要花掉一半的生活费用来买书，经常说“要先嫁书再嫁人”，大学四年的藏书堆满了整个房间；她每日坚持写作从未间断过，夜晚的灯影和清晨的第一缕曙光都见证了她伏案写作的身影，从稿件屡屡被拒到成为畅销书青年作家；她喜欢摄影，经常一个人背着沉重的摄影器材去捕捉最美的风景；她天不亮就早起跑步，立志要变瘦变美……

如果没有日如一日的勤奋和坚持，梦想怎会闪闪发光。那些令人羡慕的好运气，背后凝聚的是无数看不见的汗水和付出。世上所有好运，不过是一个人的勤奋由量变到质变的过程。

久久为功，水滴石穿。历史上有所成就的伟大人物，莫不如是。

北宋时期的政治家、史学家、文学大家司马光，童年时留下了“司马光砸缸”的故事让我们耳熟能详，然而他的勤奋努力很多人并不详细知晓。

司马光幼年时，担心自己背诵诗书的能力不如别人，所以大家在一起学习讨论时，别的孩子会背诵以后就去玩耍：司马光却独自留下来，专心刻苦地读书，一直到能够背得烂熟于心为止。

范祖禹在《司马温公布衾铭记》中记录“以圆木为警枕，小睡则枕转而觉，乃起读书。”讲的是司马光为了使自己晚上也能坚持读书，就把枕头放在一边，让人给他做了一个圆木枕，这样睡觉时只要头一转，就会掉下来，这样就会醒来读书，就这样，司马光孜孜不倦、夜以继日，学业不断长进，事业也取得了很高的成就。

日力不足，继之以夜。在贬谪洛阳期间，司马光在独乐园勤耕 19 年专心编纂《资治通鉴》，合计 294 卷，字数在 300 万左右，编写的工作量之大可以想见。为编撰这部历史巨著，司马光的艰辛程度远远超过一般人的想象，常常废寝忘食。到了夏天，洛阳的天气炎热无比，汗流浃背的他决定在房间挖出地下室，搬到里面著书。彼时的洛阳城一度盛传“司马入地”的故事。

司马光在独乐园里一丝不苟地书写，仅草稿就堆满了两间屋子。正是有了“于物澹然无所好，于学无所不通”的勤奋，才有了中国历史上第一部编年体通史。论其地位，可用清人王鸣盛的一句话来概括：“此天地间必不可无之书，亦学者必不可不读之书也。”

一勤天下无难事，“勤”字为人生第一要义。

晚清名臣曾国藩不管是居家、做官、行军，都始终把“勤”作为兴家立业的根本。他还总结出“五勤”的心得之法：“一曰身勤：险远之路，身往验之；艰苦之境，身亲尝之。二曰眼勤：遇一人，必详细察看；接一文，必反复审阅。三曰手勤：易弃之物，随手收拾；易忘之事，随笔记载。四曰口勤：待同僚，则互相规劝；待下属，则再三训导。五曰心勤：精诚所至，金石为开；苦思所积，鬼神迹通。”虽说是官场之道，亦是适用于我们每个人的生活和工作。

事实上，曾国藩小时候与大多数平常人一样，天赋并不高，有些地方甚至不如平常人。曾经看到这么一则反映他天赋平庸却非常勤奋的小故事：

有一天夜晚，曾国藩在家中读书。他对一篇文章大声地朗诵，不知重复了多少遍，一直读到深夜，但就是背不下来。这时，有一个贼偷偷地来到他家，潜伏在他家的屋檐下，希望等这个读书人疲倦睡觉之后捞点好处。可是等啊等，就是不见他去睡觉，还在继续翻来覆去地朗读那篇课文。此时，这个贼人终于等得不耐烦了，心中大怒，从屋檐下跳出来说：“这种水平读什么书？”然后就将那篇课文从头至尾地背诵一遍后扬长而去。

那个贼很聪明，记忆力非常惊人，听过几遍的课文就能背下来。然而，他只是一个贼人而已，而并不聪明的曾国藩却在历史上留下了浓墨重彩的一笔。

曾国藩曾在日记中写道：“兹拟自今以后，每日早起，习寸大字一百，又作应酬字少许；辰后，温经书；或有所作诗文，则灯后不读书，但作文可耳。”自此，坚持早起、读书、写文章。

他在给弟弟的家书中写道：“诸弟在家教子侄，总须有勤敬二字。无论治世乱世，凡一家之中能勤能敬，未有不兴；不勤不敬，未有不败者。至切至切。余深悔往日未能实行此二字也，千万叮嘱。”

教育子女，他说：“尔年尚幼，切不可贪爱奢华，不可习惯懒惰。无论大家小家、士农工商，勤苦俭约，未有不兴；骄奢倦怠，未有不败。”

毛主席曾这样高度评价曾国藩：“愚于近人，独服曾文正。”蒋介石评价“曾公乃国人精神典范”，字里行间是对曾国藩的高度认可和赞赏。

对于曾国藩的地位和功名，我们只是看到了他的成功，看到了他展示出来的光鲜，却忽略了他背后夜以继日的勤奋付出。凭借着奋斗不息的勤奋精神和坚忍不拔的既定恒心，终成就其伟大。

历史的长河向前流淌着，勤奋的人物不胜枚举。纵然已逝千百年，他们的精神依然流传至今，他们的成就彪炳千古，他们的身影依然常常浮现在眼前。

人生常常如此，先有“鬼知道我经历了什么”，才有之后“洪荒之力”的爆发，继而是扑面而来的鲜花和掌声。无论是官拜宰相的史学大家司马光，或者晚清名臣曾国藩，还是身边同龄女生的蜕变之路，皆是夜以继日的勤奋叠加，才成就了在人群中闪闪发光的自己。

留白

在中国的水墨山水画、书法中，都完美地使用了留白的技巧。比如，南宋的《寒江独钓图》，画面上仅是一只小舟，一个独自垂钓的渔翁，却给人烟波浩渺、水汽迷漫的感觉。比如，王羲之的《快雪时晴》，一纸之上，轻重浓淡，疏密有致，从容不迫，神态自如，在黑白间顿生美感，被称为“千余年异物”。

比如，我喜欢的一位作家汪曾祺，他的文字是用一种极为简淡的笔墨，像散文诗一样的平淡、清丽，像留白很多的中国画一样。遇到困难和劫难时也丝毫挫伤不了他的精神，旁人问他是怎样熬过去的，他只是平平静静地回答道：“随遇而安。”如同他笔下的人和事，平凡家常，却有一种坚不可摧的力量。

如今，手机上微信、微博、抖音小视频和各种新闻信息围绕着我们的视线，打开手机我们的大脑就被充斥着各种各样的信息，有正确的也有错误的，有有用的也有无用的，这些大量的信息无不在充斥着我们的眼睛、耳朵、大脑和心灵，把我们的生活包裹得如同蚕茧，没有一点空隙，没有一点自己的空白。

回望以前，总是喜欢看起来繁复浮夸的东西，随着年岁的渐长、心境的变化，更喜欢简单朴素，删繁就简；以前想做的事情太多，每天的日程安排得满满当当，唯独少了给自己的留白时间，少了做事情之后的复盘和思考。看起来每天都很充实，却如同一只没有温度的机器。走了很多的弯路、犯了不少失误才意识到留白比堆砌更重要，仰望星空和脚踏实地一样不可缺少。

对于我们而言，留白就是我们自己业余可以支配的时间，除了合理的放松和休息，便是用来投资自身，丰富经历，修炼技能，提升知识。以前总是想学很多，想做更多的事情，而当下更想在一些重要的事情上深挖深入钻研，就像孟晚舟女士说的一样“把有限的生命聚焦在一个方向上持续投入，才有可能突破，就像足够强度的高压水枪，可以切断钢板一样。如果翅膀忘记了扇动，就慢慢退化成了披肩”。时间总是在悄无声息地流逝，给自己的生活和人生留白，给自己独处和仰望星空的时间和自由。

时间如水，即将开启人生的新阶段，生活和工作更加繁忙，而我依然记得深夜独自伏案阅读和学习的自己，窗外是淅淅沥沥的雨声，心里格外安静，有一种天荒地老的安定感。我清楚地知道，只有不停地向前走，才能遇见一树的繁华盛开。

“当其欣于所遇，暂得于己，快然自足，不知老之将至。”我想，我们应该遵循自然的真义，让该来的来，该去的去，将自己完全敞开，任风雨、星辰、尘沙，所有好的、坏的、琐碎的平常的从身心穿行而过，刻下生命中的悲痛、欢喜、平静，直到结成一颗甘苦不辨的果实，挂在枝头，慢慢凋零。将生命留白，既温婉，又坚不可摧。

爱与美食不可辜负

前几天在看《得未曾有》，里面的第一个故事是讲一个隐居厨师的故事，他对食物的用心让人心生敬畏。“不时不食”，对食材的挑选和处理都是极其讲究。书中这样写道“食物有自然的生命，当人终结它，让它的生命达到最后的完美，也是一种赞扬。比如我做一道虾，味道绝伦，大家吃得流连忘返，这是值得的。反之它就会很有怨气。要用心去对待食物。”让我对食物对吃饭产生了一些触动。

吃着热气腾腾的烤红薯，软糯香甜，冬天就这样到来了。这样的时节总是伴随着寒冷的气温，凛冽的风哗哗作响，穿过这汹涌的风下班回到家，坐在饭桌边吃点热乎乎的饭真是美好啊，暖胃又暖心。中午的时候，妈妈经常变着花样给我们炖汤喝，我最爱喝的是排骨山药汤。总觉得家里做的汤最好喝，热气腾腾的，招摇的香气从厨房里飘出来，真是可以多添一碗饭。冬天了，每顿饭都要吃得慢吞吞、热乎乎的才好。我想家里有个热爱做饭的人幸福感都会绵绵长长。

晨光熹微，天空像一片蓝色湖泊，又好像是墨泼到宣纸上洇染开来，慢慢的天光亮起来。清晰可辨的是窗户外面的两种鸟鸣声，一种窸窸窣窄，一种慢而粗。早上我是喜欢吃面食的，有时候是排骨面，有时候是鸡汤面，一则易于消化，二则暖胃。

说起面，渊源真是颇多。西安的大学校园都因各式面食变得熠熠生辉，上班以后，吃过两次正宗的臊子面，领导亲自掌勺，那时候天气还很热，他在食堂做饭给我们吃，额头上溢满汗珠。后来，我们几个人坐在桌子旁大口地吃，香喷喷的。

冬日暮色，午后的阳光慢慢散去，冷空气悄悄爬出来。这时候，家里开始做晚饭，大部分时候会煮稀饭，把南瓜或是红薯切成一块块的一同放进锅里煮，一层薄薄的白气从锅里飘出来，香气也慢慢溢出来，再炒上几个简单的居家小菜。家人坐在一起吃着饭说着话，温暖极了。

看《舌尖上的中国》，总是要馋得流口水，印象最深刻的是“日常”那一章节，我想大抵世间最好的食物是来自这平凡人家的日常烟火里吧。因为做饭的时候带着满满的爱意，带着一份期待，带着十足的用心，所以味道总是那么温暖吧。这世间，爱与美食不可辜负。

“会眼”观人

作为一名会计人员，既有工作繁忙的辛劳，也有慧心观察的思考，于我而言，更多的是磨炼了我的心性，去掉了一些浮躁，多了几分淡然。

有人对财务科的理解只是局限在做工资这一项工作，有的同事经常开玩笑“财务能有什么事情呢，不就是做做工资吗。”这时候，我也只是微微一笑。有人说我们每天在办公室里，似乎很少与人打交道。其实单单就各部门的报销这一项工作，就能接触到各色人，有面善心也善的，面善心不善的，有巧嘴利舌有沉默寡言的，还有趾高气扬、底气十足的，什么样的人没有呢？作为财务人员，谁还没看过别人的眉高眼低呢。

比如，报销审核本不难，按照审核程序认真审核、严格把关，进行列账。然而，报销的时候，经常能看到报销人、审核人的亲笔签名。从字迹上也能感受到每个人的气质修养、心胸格局和工作习惯。例如：字体右倾者积极进取，抗压能力强；字体垂直者重实践，自主意识强；字体左倾者小心谨慎、细心周到；写细小字者，往往观察力与专注力好……单据的整洁程度也反映出一个人的基本素养。有的人把发票揉得皱巴巴，有的人总是崭新整洁，有的人没几天把发票就丢了，从这些细微的事情看，可想而知每个人的日常习惯如何。

时间久了，但凡用心一点点，便能在最短的时间内获取旁人难以察觉的信息。只要认真审查报销票据和事项，对被报销方的底细能略知一二。他们每周、每个月报销多少，与哪些单位合作紧密，有没有违规违纪倾向，都能发现一些端倪，从而判断出财务风险，及时提醒。也能看出各个部门的近期支出情况和推进的重点工作情况，甚至单位的整体情况。

“会眼”观人，更多的是观“己”这个人，观自己是止步于眼前，还是向更深一步。

记得我曾看过一篇文章对我触动很大。同样的岗位和专业，甚至每天做着一模一样的工作，却可以造就完全不同思维和格局的两个人。文章里这样说“优秀的财务人员，是一个单位的知情者，可以觉察本单位各部门、各员工的工作轨迹。最近这段时间，各个部门常往那里跑，花了哪些钱，做了哪些事情，这些零碎的信息汇聚起来，优秀的账务人员会成为最了解单位全貌的人。”比如一项琐碎而重复的日常工作，你可以停留在把工作完成仅此而已，你也可以选择每日每周每月进行复盘，对自己的工作进行更深度的分析和思考。

心学大师王阳明说，“人须在事上磨，方立得住，方能‘静亦定，动亦定’。”实际上财务岗位也是最能磨炼心性的岗位。因为，你注定是要“得罪人”，有时候审核严格了还会被误会是“故意找茬”。长此以往倒释然了，岗位性质决定了财务人员不可能得到所有人的认同，除非你做“老好人”。这个时候，就要明确自己的底线，也让自己更修正自己的工作方式和方法。既能坚持自己的原则，也能更好地与他人和气相处，共同把工作做好。

另一方面，开始观“己”这个人是否不断地学习，无论是经验和工作技能的积累，还是理论知识的更新，无论是硬实力还是软实力的提升。

就我自己而言，也走过弯路和有过失误，有一段时间我也总是认为自己每天都在做一些重复的机械的工作。工作的时候，不可谓不认真不仔细，凡是需要按时做的工作都能兢兢业业地完成，可是依然觉得空荡荡的。后来才发现自己的问题所在，因为每天被日常工作包围，未曾停下来花一些时间安静地思考，也没有不断地更新知识积累。

把自己投向社会的洪流中，才发现自己走得太慢。当自己还局限在自己的专业本身，殊不知，财务早已不是传统的“账房先生”，不仅要懂财务，更要懂业务，既要了解微观，更要了解宏观；既要听得懂业务语言，更要能够把财务语言简单清晰地表达出来，解释给业务听。

“会眼”观人，何其有幸。

如果你是个女人，那么每天笔耕不辍吧

在政商文学界驰骋的美籍华人陈愉在她的书中写道：“如果你是个女人，要每天笔耕不辍。即使每天只有那么十分钟也要写。这会给你一份期待，一个跟自己的约会。有时候你可能写了十分钟就停下来，有时候你会写上半个小时甚至一个小时。”

于我自身而言，我真正动手认真写一篇文章，应该也是近两年的事情，有时候是在蛙声阵阵的夏季夜晚，有时候是在彤云出岫的清晨，有时候是抱着电脑在街角的某一家咖啡馆……

然而，我最初写作只是很局限于领导布置的工作，比如写一些人物报道、单位的新闻通讯稿或者零星的散文，我很享受写作的过程，实际上更多的是一种完成工作的如释重负感和成就感。虽然，一年多也断断续续写了很多的稿子，上了单位的内部报纸、武汉铁道报、人民铁道报、工人日报和烟台散文等，以及一些新闻网站。

起初的时候，我是有些沾沾自喜的，后面我用数据来统计分析自己的写作数量和质量，一年也就五六十篇而已，而一年 365 天，算下来就相当于一周写一篇，里面还包括一些应付任务的短小文章。摆在我眼前的数

据让我自惭形秽。

2018年开始，我不再去想着应付工作任务，我开始完全而充分地享受写作的过程，我要用文字记录生活。我想记录铁路系统干部职工的酸甜苦辣，让更多的人了解铁路生活的艰辛不易；我想记录小城市的琐碎生活，记录饮食男女的日常；我想记录自己所看见的风景和自己的所思所想。

我养成了随手在手机上、本子上写一些片段的习惯，记录下思想的吉光片羽。工作之余，但凡有闲暇时间就打开电脑写些什么，把自己的想法抽丝剥茧，一点点地输出，变成文字。

在我们的社会中，女人在工作和家庭中来回穿梭，在不同的场合扮演不同的身份。在单位，你要做好自己的工作，在职场中拼搏厮杀，在复杂的人际关系中学会保全；在家里，你要做好家里的女主人，做一个贤妻良母；唯独做自己的时间少得可怜。

那么，每天用一段时间哪怕只是一个小时做回自己。这一个小时，你不再是谁的妻子，不再是谁的妈妈，不再是单位的员工，你只是你自己。而写作，无疑是一个很好的途径。

写作很简单，对写作者的要求很低。你不需要豪华的装备和器材，你不需要支付昂贵的费用，你甚至不需要多高的学历，只需要从心底里升起来的喜爱。在我身边接触的作家中，有的是高中毕业，而有的只是小学毕业的衣服加工厂女工，他们都写了很多很好的作品。简单地说，你只需要一支笔、一个本子或者一台电脑，随时随地都可以写作。

写作是一个训练语言组织能力的过程。在写作的过程中，我们会在心中有个大概的行文构思框架，结构清晰，语言简练或者优美。写作的过程，即是一个训练我们思考的过程，训练我们的逻辑能力和语言能力的过程。这让我们学会更好地说话，更好地与人进行有效沟通，更好地表达自己。

写作让我们享受独处的乐趣。写作的时候，也是我们难能可贵的独处时光。在鸟鸣声清幽的清晨，在虫鸣声嘶嘶的夜晚，在傍晚的风中，东奔西走和一地鸡毛的生活暂停。我们和自己对话，与自己约会，慢慢地梳理近期的生活状态，调整自己的心情。

写作督促我们不断地读书和学习。写作的过程实际上是一个人走过的路、吃过的饭、遇见的人、看过的书的全部镜像，是一个输出的过程。而这些走过的路看过的书等都是一个输入的过程。只有持续不断地输入，才有更高质量的输出。那么，我们要不断地吸收新的知识，持续地学习，我们看书看人也看风景。

如果你是个女人，那么每天笔耕不辍吧。写作，让我们的内心变得更自然更真实，让我们变成更好的自己，让我们看到更好的世界。

小树林

“我有一个秘密：如果你沿着河堤一直向前走，你就能走到世界尽头，如果你走得足够久，你就能回到原地，因为地球是圆的。我是怎么发现这个秘密的呢？话说那是今年的四月份，我跟李小路去河堤寻找创作灵感。”宝城的河堤和小树林是电影《少女哪吒》中王晓冰和好朋友李小路的秘密之地，也是精神的宁静之地。

春天的河堤，到处都是花朵，有白色的梨花、粉色的杏花、水红色的桃花，周围是青葱的麦田地，十三四岁的少女去河堤边的小树林里爬树，去偷还未成熟的杏吃，分享彼此的秘密，释放成长过程中无从消解的青春和孤独。

我们每个人又何尝没有一处属于自己的小树林和宁静之地呢。

当每年的日历翻到三月，万物开始苏醒，空气温暖而又潮润。南方的小城就开始下起了漫无边际的毛毛细雨，丝毫没有停歇的意思。这时候，总是会一个人去小树林里走一走。有时候，我刻意不去打伞，细雨就像含着光的丝线落在头发上、脸颊上、衣服上、草地上。缓缓飘落的雨水和小树林的静谧令人清净，也让人自省、舒缓，消解无从述说的心绪。

说是小树林，其实是城市里的一处小公园。我所认为的树林应该是山野之中大片茂盛的树木，因此就把这片小公园称之为“小树林”。

小树林的行人很少，时常是一片浅绿色，光影穿过树叶子，落在草地上。小树林大多时候是孤独的，是包容的，也是接纳的。常常行走在熙攘人群中的我也是时常觉得寂寥，因此便和这处小树林有心心相惜之感。

春天的时候，我经常穿过这片新绿的小树林去对面的书店买书，有时买了书便在小树林里寻一处地方坐在草地上看书。仔细看，小树林里也有一些开着白色碎花的荠菜，零星地开在草丛中，就像闪烁着的点点繁星。忍不住摘了一两朵白色小花夹在书本里变成了大自然的书签。

去的次数多了，有时候会看见青葱的草地上有恬静的女孩子在写生，画眼前苍翠的树，画身边散发着幽香的花草。我看见她在画旁边写着一段小诗：“我在女人的梦里写一个善字，我在男子的梦里写一个美字，厌世诗人我画一幅好看的山水，小孩子我替他画一个世界。”

在这个人口密集的地方，在这高楼林立的城市，我得以有这样一处宁静的去处，也是一项难得的福祉。在世间，走路走累了便可以在这里坐一坐，心里觉得疲惫了也可以在这里得到一丝的抚慰。

黄昏来临的时候，小树林里弥漫着沉静的光芒。在高耸的树下走走停停，放空自己，一个人的时候更容易看到时间，看到自己的身影。

此去经年

当落日的余晖一点点消减，白日的热气渐渐散去，孤独的船只在江水中慢慢地飘荡，留下翻滚的水花和圈圈荡漾开来的旋涡。远处的高楼林立，棱角分明，青山隐隐，雾气迷漫。

把车停在人流量较少的宽阔路边，街道旁是粗壮的合欢树，粉色的花瓣如一把把毛绒的小扇子。一个人坐在车里，转动着车钥匙的手忽然停了下来，手上的戒指在夏日的光芒里格外耀眼。开完会的小绿准备离开江城，却迟迟没有发动车子，好像需要很坚定的决心一样。要不要给杜白发个信息呢。此去经年，他还记得我吗？

“杜白，我是小绿，我在江城，你呢？”

“啊，你在哪里呢？我去找你吧。”

杜白的回复迅速地就传来了。

“归元寺门口见。”

“好。”

在黄昏和夜晚之间，天空中闪烁着两颗微弱的星星，看似彼此靠近，其实隔着遥远的距离。也许，两个人也是如此吧，看起来这样近，却隔着千重山万重水。

五年前，22岁的小绿在一次读书会上第一次认识30岁的杜白，戴着眼镜，白衬衫熨烫得棱角分明、线条清晰，斯斯文文的样子，笑起来如同好天气一般，手里拿着一本江国香织的《沉落的黄昏》。

“你好，你也在读江国香织的书吗？”

“是的，我喜欢她文笔的清淡，温柔的气息。”

夏日的午后，阳光透过层层叠叠的树叶子投射到地面上，蝉鸣覆盖下来。清爽香甜的西瓜，粉红色的汁液沾满双手。读书会上各自携带的书本。

在这个世界上，一些人总会遇见另外一些人，相遇的契机也并不复杂，这样的遇见，往往不是一世一生。但，遇见了便闪闪发光，便是永恒。是的，小绿和杜白这两个毫无交集的人就在这个明亮的午后遇见了。

爱情，有时候就是这样简单，也许一个好看的笑容，也许是一件散发着清香的白色衬衫，也许是身上的气息，也许是共同阅读的一本书。

叮咚的手机铃声唤醒了沉浸在回忆中的小绿。

“小绿，你在哪里呢。我在归元寺门口。”

“啊，好，我也到啦。”

关闭发动机，下车之前，小绿迟疑了一会儿。对着化妆镜理了理自己长长的头发，又涂了一次颜色略显华丽的口红，让自己看起来气色很好。年轻的气息扑面而来。

“杜白，你来了？我很开心。我以为你在忙。”

“你知道我的，只要你在，你永远是第一位的。”

夏天的云朵像山一样升腾，庞大又耀眼。栀子花的香气氤氲在潮湿的空气中。

四目相对的时候，小绿依然如同五年前第一次见面时害羞低头的样子，穿着蓝色蕾丝小短裙，踩着细高跟，杜白相较以前稍稍有些发福，依然是衬衫笔挺扎进裤子，腰带和皮鞋都是整洁一新，明亮的笑声，眼神里带着沉稳的爱恋，这样的眼神那样熟悉，一如初见，看得心都要融化了。

五年前杜白的突然离开，让小绿一直耿耿于怀。此去经年，本来一堆的质问想要一股脑的向眼前的这个男人砸过去，可是看到他的那一瞬间，心里只剩下满眼满心的欢喜。

难怪姐姐常常说："小绿，这世间的爱情和幸福太复杂了，但如果你真正地爱一个人，你就会原谅他所做的所有事情。"

"小绿，这是家很不错的素菜馆。你尝尝看这个菜，我再给你盛一点汤喝。"

"杜白，这五年来，我一直很想念你。"低沉而压抑的声音。

泪水在眼睛里打转，晶莹剔透。

"小绿，你不要难过。"

"可是眼泪并不一定代表难过，我很开心。我以前一直以为想念一个人一定是甜腻腻的，其实，并不完全是。我想念你的时候，我的心好像被很多只蚕噬咬一样，时常在暗夜发出沙沙的声音。可是，刚刚看到你的时候，我的心又变成完整的了。"

"小绿，我……我们出去走走吧。"

从环境清幽的房间里走出来的时候，已经下起了小雨。杜白撑着伞，用胳膊环绕着小绿，形成一个小小的包围圈，严严实实地保护着小绿。城市的街道灯火通明，嘈杂的汽车川流不息，而眼前的这个人让她觉得一切心安。紧紧地站在他的身边，被他的气息包围着，甚至能听到他的呼吸声，温热而甜腻。无数个瞬间，小绿都恍惚忘记了这是人潮拥挤的街道，是花灯如昼的喧哗，眼里独独只看得见他，只想这样依在他的跟前，撑着一把伞，在夏日的清凉雨水中一起走下去。

"杜白，我爱你。"

"小绿，我也爱你。可是，你知道吗，爱情和婚姻向来是不同的。爱情是可遇而不可求的，你不要奢望太高。"

"可是，我只想因为爱情而结婚。"

“感情是可以慢慢培养的。”

“那你五年前为什么不辞而别，突然离开。”

“小绿，听话，找个对你好的人结婚，安安稳稳的过日子吧。”

两个人一言一语地说着话，语气中有着复杂的情绪，有爱有眷恋有不舍，也有一丝的烦躁、不安。

这时候，杜白的手机铃声叮叮地响起来，听筒里传来奶声奶气的小男孩的声音：“爸爸，你什么时候回来呢？今天是‘六一’儿童节呢，你说好的陪我玩呢？”

“杜白，你的孩子？”

“小绿…我的孩子，五岁了…”

“杜白，祝福你……”

除了祝福，还能说些什么。小绿在心里又想起姐姐经常说的：如果你真的爱一个人，那么你就能原谅他的一切。

小绿微笑着和杜白挥手告别，是的，五年前你欠我一个告别。此去经年，良辰美景虚设。

江边的晚风一阵阵吹来，夹杂着江水的气息，浓郁的栀子花的香气袭人。雨水滴滴答答，在地面上溅起层层的涟漪。夜晚的凉意让小绿不禁紧紧地抱紧自己的胳膊，手上的戒指在夜色中暗自散发着光芒。

好好说话

前几天和朋友一起去看了电影《前任》，影片讲述了两对情侣的爱恨别离故事，剧情并不复杂，曾经的爱人形同陌路的结局令人唏嘘。电影所反应的当下男女恋爱中不会沟通的社会现象，让人深思。

孟云和林佳在一起五年了，后来因为生活压力越来越大，两个人的交流越来越少，矛盾日积月累。其实，两个人分手的真正原因是沟通不畅，不会好好说话，和当下的很多人一样。

明明有很多次可以挽留的机会，孟云都选择沉默；明明有很多次解释的机会，林佳却选择一个人黯然神伤。

电影的结局很有仪式感。孟云扮成了至尊宝，在广场上大喊着“林佳，我爱你”，而林佳则拼命吃杧果，直到过敏住院，他们以自己的方式向彼此再见。

两个人彼此相爱，对待感情含蓄内敛，甚至分手以后也没有真正的面对面进行一次沟通，好好说说话。两个人试探，却从未真正交流。

也许，当林佳拖着行李箱离开的时候，孟云挽留地说一句：“亲爱的，别走了好不好。我爱你。”当林佳生病的时候，打一个问候的电话：“换季了，我知道你容易感冒，药准备好了。”就会是另外一种结局。

影片中的另一对情侣余飞和丁点则是完全的坦白，把所有相爱的伤害的话一股脑的全部摊开，放在彼此面前。实际上，也并非明智之举。

明明是想证明自己更爱对方一些，可是说出来的话却变成了一把锋利的剑，刺向爱人的心脏。

除了爱情，在我们的日常生活中，很多人学会了语言，却从未学会好好说话。

能好好说话，特别是对亲近的人好好说话，不单单只是用嘴巴讲话这么简单，背后是个人的修养、习惯，以及对别人的尊重。

卡尼曼的前景理论中说，人对痛苦的感受比快乐敏锐得多，一份善意如果带来单位值为一的幸福，同等的一份恶意带来单位值为三甚至更多的痛苦。

人性大多脆弱若此。所以呢，想要多一个人表达善意，要说三次甚至更多次，用来抵消她的寒冷和脆弱。爱你说三遍，支持你说三遍，祝福你说三遍，而伤害一个人说一遍就够了。

由此可见，好好说话的重要性不言而喻。

三国时期有一位叫祢衡的名士，出色的口才让人印象深刻。

孔融将其推荐给曹操，但他反而三番两次仗着自己口舌之利侮辱曹操，后曹操将其送给刘表。

祢衡在刘表处也未改了自己没有口德的毛病，多次侮辱、轻慢刘表，后又被送给了江夏太守黄祖。

刚开始，祢衡的文采和才华深得黄祖赏识。可是，祢衡仍然改不了没有口德的毛病。一次，黄祖在战船上设宴，喝到高兴处，他问祢衡：“我在你心目中如何？”祢衡出言不逊道：“你就像庙中的神，虽然受到祭祀，但是并不灵验！”

黄祖勃然大怒，下令将其斩杀。祢衡死时才 26 岁，很多人都为他惋惜。

祢衡的口才是不容置疑的，但他却经常性地出言不逊、狂妄无礼，不会好好说话，终招致杀身之祸。

因此，无论是在生活中还是工作上，有“口才”还要有“口德”，要心怀善念，要好好说话，以免祸从口出，以免让身边的人受到伤害，渐行渐远。

好好说话，就是要常怀一颗慈悲心，常怀智慧心。

曾看到这样一个故事，说有一个人生了一个智障的孩子，孩子母亲非常痛苦，想请禅师给予开示。从佛教上来讲，这个智障的孩子是前世的因造就了当下的恶果。

然而，禅师告诉这位母亲，“我宁愿相信，你的孩子是菩萨，是来替众生承担这个苦难的。”这样说后，这位悲伤中的母亲当下释然很多。

试想一下，如果禅师告诉母亲孩子是上辈子做了坏事这辈子遭受到智障的报应，无疑会加重孩子母亲的痛苦。禅师用慈悲的话语开解了这位母亲，化解了她的痛苦。

良言一句三冬暖，恶语伤人六月寒。说话虽然简单，会好好说话却不简单。说什么话，如何说话，都很重要。用简单的话去伤害别人，可能造成的后果很大。用简单的语言去温暖这个世界，可能给人带来的就是一生的帮助。好好说话，心存慈悲，常怀智慧。

离别的车站

在铁路上工作，乘坐火车如同在城市的人乘坐市内公交一样常见，车站对于我而言是经常光顾的地方。因此，车站来来往往的人群便成了我眼中的风景。渐渐地发现，车站各有各的不同，而离别的感情却是一样的，如酒一般韵味绵长。

在车站，我曾见到有奶声奶气的孩子在奶奶怀里大声呼喊着妈妈不要走，撕心裂肺。在车站，我见到深情缱绻的年轻恋人紧紧拥抱在一起，依依不舍。在车站，有和列车上另一位老人告别的耄耋老人，低着头擦拭泪水，无语凝噎。

在车站，我见到送孩子远行的父母在一字一句地叮嘱孩子到了地方要记得打电话回来，要好好照顾自己，不要吝啬钱。在车站，我见过朋友之间的告别，简单的寒暄几句，紧紧地握着彼此的手，便微笑着挥手告别，相约江湖再见。

在车站见了诸多旅客的离别，记忆中关于我的离别车站浮现眼前，恍如昨日。

五年前，我大学毕业，送走了宿舍的同学，并和还未离开的同学一一告别。一个人拖着行李箱从学校赶到人潮拥挤的西安火车站，即将离开这个生活了四年的古城。那天刚好下着蒙蒙细雨，如丝如线。我刚准备排队进站，看见关系要好的同学随后跟了过来。

“你怎么来了?！”我努力压制住内心的喜悦和惊讶。

“下了雨，我怕你没有带伞，所以又追过来了。”

“哦，谢谢。”

“我一会送你上车吧。”

候车室的旅客很多，又吵又闹，我们只好站在墙角说着话，说着毕业以后的打算。火车进站以后，我们一起检票进了站台。上了火车以后，便慢吞吞地找了对应的卧铺坐下，然后开始低着头看手机，给窗户外的朋友说些客气的话，很感谢你送我之类的句子。

过了一会儿，旁边的一个旅客喊了我，然后指了指列车窗外的朋友。抬起头，看见朋友正焦急地拍着窗户试图喊我。等他发现我注意到他时，满脸的喜悦，不停地和我招手。我趴在窗户跟前示意他赶快回去吧。窗户外的同学一步一回头和我挥手告别，最后做了一个很温柔的动作。

人生如一列行驶的列车，身边的人来来回回，有相逢也有离别。而车站，是最温情的地方，它见证了各种各样的离别和不舍，它见证了最简单纯粹的感情和美好。每个人都有属于自已的离别车站，比如朱自清送别父亲背影的月台，依萍送别书桓的缱绻，比如来来往往的你和我。

一生一世一双人

读沈三白的《浮生六记》，偏爱《闺房记乐》，文笔恬淡宁静，记录了他和妻子陈芸的伉俪情深。整卷所谓的“闺房”，不过是寻常夫妻间的点点滴滴，如风如水，昭昭明明。

两个人在最好的年华相遇，一起度过最好的时光，有幼年的青梅竹马、芳心暗许；有出嫁时的浓情蜜意、花前月下；有婚后的举案齐眉、心有灵犀；是一生一世一双人。

弘一大师云：“君子之交，其淡如水。执象而求，咫尺千里。问余何适，廓而忘言，花枝春满，天心月圆。”而沈三白和陈芸的爱情便是如此，没有轰轰烈烈，没有当下社会的浮躁，有的只是止于唇齿、掩于岁月的深情。这种生活极富有诗情画意，看似“人人皆有，确为人人所无”。

陈芸曾发愿：“他年当与君卜筑于此，买绕屋菜园十亩，课仆妪，植瓜蔬，以供薪水。君画我绣，以为持酒之需。布衣菜饭，可乐终身，不必作远游计也。”

是的，布衣菜饭，可乐终身。夫妻二人最喜欢在日常生活中寻找乐趣，安度流年。我爱他文字里的恬淡如水，亦爱那温暖的烟火气：守着一屋一院，一人一心，一茶一饭，远胜过看乱世红尘的万千风景。

十三岁那年的夏天，还是少年的三白邂逅了表姐芸娘，自此情窦初开，一片光风霁月，发誓此生非芸娘不娶。

幼时，三白肚子饿了，陈芸悄悄牵着他的衣袖，把他拉到自己的闺房，拿出事先藏好的热粥和小菜，姑娘家的小心思跃然纸上。

三白和芸娘的爱是活生生的，是落实到红尘地面上的，是有情有义的温度，是宜室宜家的。

“夏月，荷花初开时，晚含而晓放。芸用小纱囊撮茶叶少许，置花心，明早取出，烹天泉水泡之，香韵尤绝。”

“拔钗沽酒，不动声色，良辰美景，不放轻过。”

沈复向来好客，芸娘便准备好茶好酒好菜进行招待。有时缺酒钱，芸娘就拔钗沽酒，不露丝毫声色，良辰美景，不能辜负。

“街头有鲍姓者，卖馄饨为业，以百钱雇其担街”，“是时风日丽，遍地黄金，青衫红袖，越阡度陌，蝶蜂乱飞，令人不饮自醉。”

那日，城外油菜花盛开，芸娘提议大家一起去城外赏花饮酒，还机智地雇佣卖馄饨的小贩，挑着炉火，跟大家一起去，好为大家温酒热饭。

游人们看到这样一群人在此地尽情吃喝，无不羡慕这奇妙的想法。喝到有些小醉，或坐或卧，或歌或啸。

陈芸，会持家，精刺绣，善烹饪，有雅意，爱看山水，爱花草，爱书画，能吟咏诗歌，才思娟秀，能工善文，德贤兼备，有生活情趣。

沈复叹其：求之闺中，今恐未必有此会心者矣。

记得书中这样写道两个人不动声色的深情。七月初七，是民间乞巧的日子，芸娘也张罗了一番。三白就趁着佳节刻了两枚印章，上面写：“愿生生世世为夫妻。”他的那枚是阳刻，芸娘的是阴刻。每当两个人通信时，便用印章进行落款。

每次读到这里，都被两个人的心思幽情所打动。我想，古人的很多情思是我们今人所无法企及的。一个男子能细细体会并感知一个女子的美，亦能抚琴弹得一手好曲子，闻弦歌而知雅意。见花落泪，拂风有声，看得懂花光灯影。

随着生活节奏的加快，每日忙碌的我们有多久没有手写一封信件了呢，对着一个科技的工具日夜旋转，万般话语只从嘴出却未入心，情话泛滥。习惯使用电脑打字的我们是否还能写出娟秀的字呢。这样彼此心心念念的小心思和诗意真是难以寻觅了吧。

《浮生六记》的文字并不华丽、考究，反而平淡而宁静，字里行间却流露出两个人的深情和厚爱。试想，若不是心有绵长情意之人，怎能将情感之浓度及生活之美学融合的这般浓烈纯粹。字字句句，细枝末节，兰质慧心，浑然天成，毫无当下的浮华造作之感。

作家庆山说："《浮生六记》这册薄薄的古人笔记里，引人心动的，不尽然是一对男女之间私自的情感。这样的生活，必然和当时的社会形态，和大众的价值观，和他们对待文化、自然、生命、欢乐的态度息息相通。越过两百年，且看今日的社会，谁还能具有这样的玩心，这样的旷达。灵魂的宴席早已结束，剩下虚妄和空洞的游戏。两百年后的爱情，也已失去彼此欣赏和玩味的从容心境，失却细腻的心思和克制的礼仪。"

一生一世一双人，有人问你粥可温，有人与你立黄昏。古人的意趣及情思单纯美好，花下对酌，举杯邀月，有千年悠悠之思。抑或丝丝细雨撒落江面，江畔游人寥寥，山水清幽，触目皆是澄澈的静。

当下时代熙熙攘攘，不见当年的风花和雪月，人群的喧嚣与热闹，终究只是镜中花、水中月，打捞起来只是一片虚幻的影子。

恋爱这件事

每当同学、朋友、亲人聚会，推杯换盏之间总是会提到男婚女嫁的事情。且不说男女关系本就是人与人之间最本质的社会关系，如今正是适婚年纪的我们难免会被反复催问，是否有男朋友或女朋友，如果有就会继续被问什么时候结婚；如果没有，别人就会热心地说道那可要抓紧了噢。总之，无论你怎样回答，后面都有更多的问题等着问你。毕竟都是亲近的人，又不好驳了对方的面子。只好微微一笑，不再作声。

我想，是不是每一个单身的人都曾面临这样的窘境呢。大概，每一个人都遭遇过这样狂轰乱炸的时刻吧。

说起“80后”“90后”的恋爱史，大致是有迹可循的，也是有很多共同点的。

读书的时候，家长和老师总是或者严厉或是谆谆教导告诉我们，“学生呢，就要以学业为重，中考、高考是当下最重要的事情。其他的事情就不要胡思乱想了。”在老师的眼中，谈恋爱这件事无异于是洪水猛兽的事情，而因为恋爱而荒废学业的反面例子总是被老师反复拿出来咀嚼，讲给我们听。

如今，忽然之间，身边的声音清一色转变成："怎么还不找男朋友啊？眼光可不要太高，差不多就行。要抓紧啊，时间不等人，要抓住女人最好的时光嫁个好老公。"

原来，眨眼间，从十几岁扎着马尾穿着白色校服的我们已经成了二十、三十几岁的职场人。而谈恋爱这个话题可从未远离我们。

回想起来，中学时代的感情虽然稚嫩，却未尝不美好，如一朵蓦然绽放的莲花，自在开放，自在飘落。如果师长加以正确引导，也是一件好事情。在读书的时候，每个人心中都有一个闪闪发光的榜样，在操场看到他的身影，或者是遇见香樟树下穿着白衬衫的少年，都会开心得要飞起来，觉得满心的欢喜。在年级成绩榜上，会默默关注他的名字，努力缩小彼此之间的距离，向他看齐。这样的感情细微而隐蔽，纯粹而美好。有时候，这场喜欢就成了一生的秘密或者青春的回忆，而默默喜欢的那个人成了心头萦绕的一束白月光。

读大学时，逃离高考牢笼的我们如脱笼之鸿鹄，面对新奇的城市和自由的生活，以及来自全国各地的同学，十之八九是会陷入恋爱的。这时候的恋情，大多简单而纯粹，有的情侣选择一起好好学习准备继续深造，有的情侣一起享受生活、恣意人生，有的异地恋情侣每天晚上都要在阳台上打几个小时的电话，待到挂电话时仍然难舍难分……待到毕业季，有的选择各奔东西、分道扬镳，有的刚毕业就走进了婚姻的殿堂。

工作以后，看似我们融进了更广阔的社会，其实圈子越来越窄小。这时候，大多是走上家人朋友领导同事给介绍男女朋友的道路，有的见上三两面觉得彼此条件适合，便开始谈恋爱，过了半年，便走入了婚姻的殿堂，自此过上烟火日子。有的人始终在相亲上寻寻觅觅。而有的人却一直那样从容。

记得，看圆桌派的时候，蒋方舟说她偶尔也会去参加相亲局，在相亲市场上你可以反照出你自身的明码标价。是的，有时候，理性的成分反而大于感情的成分。男女好比甲乙两人，你的学历、工作、经济收入、户籍、身高、长相、家境、房产、汽车、父母、兄弟等这些都是打分的依据，彼此为对方打分，标上价位。

而这些无一不折射出当下年轻人的焦虑和不安全感，以及缺乏耐心，不再愿意试着去了解一个人，走进一个人的内心，而是用外部的硬件条件高效率地去为自己挑选另一半。可是，这样的恋爱真的结实吗？

有一段时间，我也曾陷入持续的苦恼和焦虑之中，我是不是应该妥协，找一个差不多先生结婚再生个差不多宝宝过上一段差不多的生活呢？

不过，很快这样的念头便被我打消掉。因为这样的想法于人于己都是不妥当的，也是幼稚和愚蠢的。

面对被催着恋爱、结婚、生娃的言语，无论是真心的还是虚情假意的催问，不要过分苦恼，要始终保持淡定，不打乱自己的节奏，礼貌地微微一笑即可。

因为，恋爱和婚姻只是一种生活方式，对于有的人是必修课，对于有的人是选修课。人生始终是你自己的，自己的日子终究要自己过。你可以选择自己喜欢的方式过一生。

如果你是一个人，不要因为寂寞和身边催促的声音随手抓一个伴侣，这样对双方都是不公平的，也是不负责任的表现，风险潜伏，随时会爆发，苦果终究要自己吞咽。

如果你是一个人，那么做个经济独立的人，好好工作、热爱生活。虽然，工作不能如爱情让你心跳，却是你安身立命的根本，让你填饱肚子，居住有房，出行有车，自我价值得到实现，获得成就感和快乐。

如果你是一个人，那么做个精神独立、内心富有的人，温暖而有力量。恋爱和婚姻是两个强者的风花雪月、独立而依存、共同进步，而不是弱者的一地鸡毛、互相消耗。在恋爱中，学会爱自己才是终生浪漫的开始。

第六辑　明亮处

李清照：宋词里绽放的一朵女儿花

宋朝的时光因为词的存在而多了一种风雅和诗意，词苑芬芳，群星灿烂，有苏轼、辛弃疾、陆游、秦观等，而我更喜欢宋词里绽放的一朵女儿花：李清照。

出身于宋朝的李清照，面临的束缚、禁锢、艰难和压力是我们难以想象的。彼时，“才藻非女子事”是大多数人的认识，可是她却敢于拿起笔，踏入诗词的殿堂。

千年的光阴，倏忽而过，封存于岁月里的词香，依旧沁人心脾。夜读漱玉词，我读到了你的少女情怀，读到了你的玲珑心思，也读到了你的山河破碎和离愁别恨。

“常记溪亭日暮，沉醉不知归路。兴尽晚回舟，误入藕花深处。争渡，争渡，惊起一滩鸥鹭。”

韶光正浓，没有什么比徜徉大自然更让人欢喜和自在了，你走出房门，来到大明湖畔，风光旖旎，荷香氤氲，游鱼在侧，你如鸟儿出笼一般，贪婪地欣赏着眼前的美景，呼吸着自由的空气，心情舒畅，好不快乐。

快乐的时光总是转瞬即逝的，转眼间，已是夕阳西下，余晖铺满了碧水清波，你不得不棹起小楫，踏上归路。酒后的你面若桃李，望着静谧的湖面。归路？归路在哪儿呢？追着斜阳的脚步，穿过田田的荷叶，水道里，密密匝匝的，是清馥的藕花；细细袅袅的，是浓郁的酒香。

天色越来越晚，你忙着划桨争渡。一个没留神，你便闯入了一片藕花之中，却不想惊起了岸边的水鸟。那扑棱飞远的鸥鹭，发出明亮的叫声，似乎是在抱怨是谁扰乱了它们的清梦。但转念一想，这群鸥鹭飞起之时，从藕花深处飞出的另外一群鸥鹭，不也惊着你了吗，溅了一身的水。霎时，一阵凉风吹过，你的酒意醒了，心儿漾动了。

不久之后，十六岁的你，忍不住用文字描摹出游的闲趣，这也是你的第一阙清词。自此，误入藕花深处的你也迈进了文学的殿堂，崭露头角。

“卖花担上，买得一枝春欲放。泪染轻匀，犹带彤霞晓露痕。

怕郎猜道，奴面不如花面好。云鬓斜簪，徒要叫郎比并看。”

眼下，你已嫁为人妇，你和夫君赵明诚有着共同的喜好，举案齐眉，一起饮茶逗趣，赏花赋诗；一起去大相国寺，搜集喜欢的碑帖字画、金石古玩；一起赌书泼茶，踏雪寻诗。

有一日，你从卖花人的担上买来一枝娇艳欲滴的春花。这枝凝集着水珠的鲜花是真美。平日里，只听说过梨花带雨，或是哭得梨花带雨的美人儿，却不曾想，被晨露浸润的早梅，亦有如此鲜洁的模样。它像一位含情脉脉的美人，粉嫩的脸上还挂着泪痕，明艳动人的模样让人怜爱。

于是，你忍不住将这早梅斜插在鬓边，娇声唤了自己的夫君，是自己好看呢，还是这支梅花好看呢。你妩媚娇憨的样子盈满爱情的甜蜜。

“落日熔金，暮云合璧，人在何处？染柳烟浓，吹梅笛怨，春意知几许。元宵佳节，融和天气，次第岂无风雨？来相召、香车宝马，谢他酒朋诗侣。中州盛日，闺门多暇，记得偏重三五。铺翠冠儿，撚金雪柳，簇带争济楚。如今憔悴，风鬟霜鬓，怕见夜间出去。不如向、帘儿底下，听人笑语。”

又是一年元宵节，夕阳斜照，金色的烟云渐次聚拢。此时，年逾花甲的你便在这落日熔金之下，拄杖独立。你忽然恍惚起来，心里浮上了极遥远、极遥远的回忆，远得就像上辈子似的。那时候，在故乡，在汴京，元宵节最是热闹啦。那时你还贪玩，日子又悠闲，节日自然过得隆重，用心装扮，盛装出游，好不热闹。如今，山河破碎，夫君离世，面容也有了岁月的痕迹，对元宵节的热闹繁华也不再有丝毫兴趣。斯人已逝，纵有良辰美景，又能与谁秉烛夜游？今夕何夕，恍如隔世。罢了罢了，就不去了，欢声笑语就留给他人吧。

回首一生，皆是梦幻。你曾是倚门回首的少女，是赌书泼茶的闺妇，是忧国忧民的女子，也是守着窗儿的孤老。人生如梦，转眼即逝，此时，你隐居在深巷旧宅，看花开花落，月圆月缺，读几卷诗书，写几阙清词。

苏轼：一蓑烟雨任平生

在中国的文化历史上，苏轼是一位全能型的文人。他在当时文学创作的各个领域都取得了极高的成就。他是文学界的泰斗，亦亲切的好像一位邻家大叔。

林语堂曾这样评价他“像苏东坡这样的人，是人间不可无一难能有二的。他多才多艺，有若干使人可敬的特点，我们未尝不可说，苏东坡是秉性难改的乐天派，是月下的漫步者，是诗人，是生性诙谐爱开玩笑的人。”

他具有蛇的智慧，兼有鸽子的温柔敦厚，他是中国历史上最可爱的文人。在一生的几次贬谪生涯中，他总能彻底地淬炼自己，然后蜕变成一个全新的苏轼。

公元 1057 年，苏轼凭借着一手好文章，夺得了当年科举的第二名，得到赏识，开始踏入仕途。公元 1061 年，苏轼在就任凤翔官职的路上，与弟弟苏辙挥手作别，夜宿渑池寺，写下这样的诗：“人生到处知何似，应似飞鸿踏雪泥。泥上偶然留趾爪，鸿飞那复计东西。老僧已死成新塔，坏壁无由见旧题。往日崎岖还记否，路长人困蹇驴嘶。”苏轼抒发了自己人生无常、飘忽不定的感慨，如鸿雁般踏雪飞过。也许是一语成谶，他往后的一生正是应验了这样一句诗。

生活如此瞬息万变，初出茅庐的他才华横溢，年少得志，春风得意马蹄疾。官场中的小人别有用心地诬告，把他打入御史台暗无天日的监牢。“乌台诗案”以后，苏轼被贬到黄州担任团练副使的虚职。世事一场大梦，人生几度新凉。纵然如此，他依然享受着生活的馈赠，好的坏的，全部照单签收。

在谪居黄州期间，穷愁潦倒，满腹才华无用武之地，彼时的他并没有一蹶不振，而是摇身一变，从朝廷官员变成了一名地地道道的齐安农夫，守着东坡这片土地，种麦子、植桑树，和好友对酒当歌，怡然自得，不亦乐乎，还创造了举世闻名的美食“东坡羹”和“东坡肉”。

元丰五年的春天，苏轼决定到黄冈郊外的沙湖去看购置的田地，在路上偶遇大雨，因为没有雨具，同行的人皆被雨水打湿了衣裳，狼狈不已。唯独苏轼并不觉得沮丧，泰然自若。他手持拄杖，迈着轻快的步子大步向前，漫步在崎岖的路上。他写下了这样一首旷达的作品《定风波·莫听穿林打叶声》：“莫听穿林打叶声？何妨吟啸且徐行！竹杖芒鞋轻胜马，谁怕？一蓑烟雨任平生。料峭春风吹酒醒，微冷，山头斜照却相迎。回首向来萧瑟处，归去，也无风雨也无晴。”这首诗正是他泰然对风雨、潇洒待人生的写照。

其实，路途遇雨本是再平常不过的一件事情，但苏轼却从这件生活小事中悟出了一番人生的大道理。他直面暴风骤雨，一袭蓑衣，漫步在崎岖的旅途上，任其自然。人生亦是如此，在逆境中有希望，在寒冷中有温暖。既然如此，人生的寒冷、挫折又有什么可怕呢？

骤雨过后，云开天晴，春风料峭，略带寒意，前路山头，夕阳斜照，苏轼沐浴着雨后的清爽，回首方才的风雨萧瑟之处，已然是烟消云散，一切都已成过去。暴风雨过后，内心愈发平静。自然界是如此，人生的旅程又何尝不是这样呢？正所谓“也无风雨也无晴”。既然世间的一切是无差别的，那么人生道路上的忧患和喜悦、官场上的得意与失意又有什么不同呢？他能够泰然处之。

苏轼正是以他特有的乐观向上、热爱生活的人生态度缓冲了命运的打击，淡化了灾难的阴影，从而使他没有在激烈的党争、人生的坎坷、生活的艰难中垮掉，而是表现出了一种正视人生忧患，笑傲人生磨难的豁达与豪迈。

如果说官场的不顺、小人的围困如同沸水一样向他泼洒，而他如同茶叶一样，在沸水中彻底舒展开来，香气缕缕，沁人心脾。

李贽：一生狂狷爱自由

冬季的夜晚，黑黢黢的一片，北风呼啸着从耳边吹过，我和友人突然兴起，自带诚意和深情，一起去湖北麻城阎河镇的钓鱼台村去拜访一位明朝的思想家：李贽。

李贽，字宏甫，号卓吾，是明代著名的思想家。他是中国历史上少有的一个叛逆者，他的“异端”思想为中国的文化开辟了新的境界。

明朝时期，长江重要支流阎河的水流入麻城阎河镇这片土地，形成了龙湖。龙湖的岸边便是芝佛院。彼时的李贽在这里著书讲学，“日以读书为事”，受众从四面八方蜂拥而来，男女老幼咸集，一时满城空巷。更有甚者，明代文学家“公安三袁”长途跋涉来到芝佛院拜访他，一住就是三个月。

夜色浓重，行走在羊肠小道，我在心中暗暗地想，四百多年前的“李贽迷”们是不是也如我们这般怀着虔诚的心去聆听李贽的思想，是不是也如我们这般冒着凛冽的寒风，穿过山谷、溪流，走过沙石小路，聆听风吹竹林声，辗转来到芝佛院和临近它的钓鱼台、龙湖，来到李贽的身边。

明朝时期的龙潭湖景色雄奇优美，万山瀑流，雷奔而下，溪水淙淙，望之深青。李贽在这里写下了《初潭》《藏书》《焚书》等多部巨著，还对一些小说、戏剧进行批注评点，为后人留下了许多清新的文艺思想。

关于李贽，有很多的评论。有一句这样的电影台词：你知道，有些鸟儿是注定不会被关在笼子里的，因为他们的羽毛过于鲜艳。而李贽，就是这样一个羽毛鲜艳的人。

回想李贽的一生，是放浪不羁的一生，是追求自由的一生，是坚守童心的一生，是追求精神重于一切的一生，是兼济天下的一生。

李贽自幼聪慧倔强，善于独立思考，12 岁便语出惊人，反对孔子的一些思想；26 岁考中举人，便坚决不再继续考进士；为生计所迫，30 岁的李贽正式踏入仕途。在做官期间，除了完成本职工作之外，便埋头读书，专心做学问。从国子监博士到礼部司务……从刑部员外郎到云南姚安知府。

在姚安知府任期内，李贽政绩突出，巡按御史刘维准备向朝廷举荐他，得到消息的李贽惊慌逃窜到山中。

“在百泉五载，落落竟不闻道”“五十年以前真一犬也”，以李贽向往自由的狂狷性格，自然和当时黑暗的官场习气是不合拍的，有逃窜山中这样的举动也不足为奇。53 岁的他递交辞呈，告别了 20 多年的官场生活。

对于李贽而言，生活不止眼前的苟且。他背上自己的书和行囊，去寻找自己的诗和远方。彼时的他如脱笼之鸿鹄，远离备受束缚的官场，投身到更广阔自由的天地。我想，那一刻李贽的心情一定是欢喜的，是如释重负的，是轻松的。

离开仕途的李贽辗转来到湖北麻城。为了研究学问，不被打扰，他削发出家，居住在芝佛院，在朋友的资助下全心读书著述，讲学论道，传播自己的思想。

在与好友的信中，他这样解释自己的剃发留须：“今世俗子与一切假道学，共以异端目我，我谓不如遂为异端，免彼等以虚名加我，何如？”

既然世人都说我是“异端”，我干脆就剃个光头成全他们，怎么样？狂狷不羁的性格可见一斑。

明朝时期，儒学被奉为至尊，是正统思想，而李贽的一系列思想被称之为倒行逆施。在芝佛院期间，他讲的痛快，写的痛快，一言一行得罪了明朝的封建卫道士们，招致众怒和围攻。明朝万历二十八年，李贽被封建卫道士污蔑惑乱人心、行为不端，有伤风化，被捕入狱。

两年后，在监狱中的李贽突然抢过狱卒的剃刀自割喉咙，结束自己的一生。弥留之际，狱卒问他：“痛否？”李贽用自己的血在地上写道：“不痛。”狱卒又问道：“为何要自刎？”李贽写道：“七十老翁何所求？”一代思想家，就这样坦然地离开了人世。

李贽一生勤奋读书，认真思考。他痛斥假道学，鞭挞封建礼教，厌恶虚伪，崇尚真情实感的“童心”，他指出当时的明朝“满场皆假”，被当时的正统思想所不容，被称之为异端分子，备受排挤和发难。

为了追求自由，他离开官场剃发出家；为了维护自己的思想，他用剃刀结束生命，用自刎为狂狷爱自由的一生做了最后的注脚。

四百多年前，李贽就像一个闪电般的人，即使周围是一片黑暗，他“异端”的思想足以刺破黑暗。而现在，他的思想和著作依然流传，“启蒙”于后世。

藏在文字里的闪光与动人

记得喜欢的一个作家曾说：我们读书的时候，如果能够保持深入而认真地思维，做一些笔记、重点记录，充分地消化和融解，那么，书中的营养已被我们汲取尽用。这个过程就像喝清水，虽不能带给我们感官上长久的强烈记忆，但是我们需要喝清水，需要被智慧滋养。

春天就要到来的时候，我读到一本好书，叫《〈红楼梦〉写作之美》。细细读来，如饮清泉之水一般甘甜、止渴。翻开书页，跟随着作者的脚步探寻红楼秘境，眼前是莫可名状的美，曲径通幽，花木丛深；又好像进入了藏宝楼阁，四处皆是奇珍异宝，捡拾不尽。

作者王雄是汉水文化学者，他写小说、散文、报告文学、学术论著作多篇（部），有600多万字，代表作有长篇小说《阴阳碑》《传世古》《金匮银楼》(合称“汉水文化三部曲”)。王雄自小就喜欢读《红楼梦》，通读多遍，重点章节更是反复研读，因此有很多读书心得可分享。在《〈红楼梦〉写作之美》一书中，王雄立足于写作艺术视角，通过自己的心灵和眼睛，运用自己的智慧和思想，用心挖掘和梳理，从谋篇技巧、语言张力、修辞艺术和美学意境等多个方面，总结归纳了《红楼梦》的写作之美和文学价值。

在这本书里，王雄认为《红楼梦》的写作之美首先以结构之美来呈现，并像剥洋葱一样一层一层展开。比如，本书的第一部分写到“《红楼梦》是一座迷幻般的建筑群，楼宇亭台，复道回廊，令人目眩神摇，迷不得出。”作者认为《红楼梦》的主体结构既有高屋建瓴，又有网状结构的编织，错落有致。既有多层面多维状的叙事结构、大景象的叙事风格，又采用全知、限制、空间和闲文视角等多视角叙事，增添了作品的叙事张力和审美效果；作品的故事节奏，有快有慢，有紧张激烈也有舒缓，起承转合、错落有致。王雄像一位可亲可敬的引路人，带领我们徜徉文学之中，生动解说，活泼有趣，引导我们从总体上去理解作品的内在结构和外在表现，给爱好写作的人提供了智慧和滋养。

《红楼梦》无疑是中国文学的金蔷薇，而那些金碎屑就是细节。小说中庞大的故事结构和丰富的情节都是通过细节来表现出来的。“曹雪芹的细节运用，以丰富、细腻、生动见长，每个细节都精雕细琢，朴实自然，没有丝毫的人工斧凿痕迹。”王雄从人物形象细节、事件处置细节、场景环境细节等方面为我们一一娓娓道来，带领我们穿越红楼这座迷幻的建筑群，拨开云雾见月明。

王雄认为《红楼梦》的写作之美也表现在语言之美。《红楼梦》的语言字字皆玉，华美、隐形、灵动，如诗如画，而且特别有张力，几乎是“一字不可更改，一字不可增减”。“花谢花飞花满天，红消香断有谁怜？”两句诗便用了六个动词，可见曹雪芹对动词的喜好和善用。再比如凤姐的“泼”，坠儿的“蹭”，贾宝玉见到贾母、王夫人，永远是“滚”进怀里，贾母和林黛玉则是“歪”，用单音节动词把人物刻画得惟妙惟肖。王雄对红楼梦中的语言信手拈来，列举了动词、形容词的使用，比喻、幽默的妙用，给我们的日常文学创作提供了借鉴和方法。

王雄以为《红楼梦》的写作之美还表现在意境之美。《红楼梦》的意境美，通过色彩、道具、幽默和模糊的表达等多种方式，借助超越具体的有限的物象、事件、场景，营造出美学意境。例如，宝钗扑蝶、黛玉葬花、寒塘鹤影、湘云醉眠等，既是好看的故事，又有灵动的画面感。譬如“湘云醉眠”也是我读《红楼梦》时最喜欢的一个场景。王雄认为：“这幅美丽的少女春睡图，有声音、有色彩、有花香，包含着永动的生命，具有动静相生的辉映美。这就是情景交融的美学意境，充满着美好与情感。”这些经典的故事以及所营造的美学意境，让人顿觉美不胜收、熠熠生辉。

我清晰地记得第一次读《红楼梦》还是中学时期，当时的自己被书中精彩的故事所吸引，手不释卷，只是却未曾细细研读。近期因阅读王雄的《〈红楼梦〉写作之美》一书，忍不住又去重读《红楼梦》。将两本书对照着读，一边更觉原著周遍的、深彻的美，一边又慨叹王雄剖析的细微生动，两人似为知己一般。

《红楼梦》的美洒落于全书的方方面面，俯拾即是。吉光片羽，皆在那里闪闪发光。但是，这些藏在文字里的闪光与动人之处非用心读书和领悟的人而不可得。王雄用心品味、细心感知，解析文学名著的奥秘，并欣然分享，“不亦君子乎”。《〈红楼梦〉写作之美》一书给热爱阅读和喜欢写作的人提供了良好的阅读借鉴和写作秘诀，让读者能从中学有所获、满载而归。

好家风润“人”细无声

《孟子》曰:“天下之本在国，国之本在家。”家庭是一个国家的细胞，小的细胞健康，大的肌体才有生机活力，因此，好的家风是社会和谐的基石。

“家风”又称门风，是家庭或家族世代相传的风尚、生活作风。好家风如春雨润“人”细无声，滋养着后世子孙，潜移默化地影响着每个人的言行、容貌、气质、精神，帮助他们成人、成才。我国历史上很多优秀人物的成才，都与其良好的家风熏陶密不可分。

苏轼，北宋著名的文学家、思想家、政治家，他为人正派、清正廉洁、孜孜不倦、胸怀民生。这和苏氏的“读书正业、孝慈仁爱”的良好家风是密不可分的。

由于父亲苏洵常年游学在外，苏轼的幼年读书教育便由母亲程氏负责。她亲自教授孩子读经史等书籍，对兄弟两个人要求极其严格。一日，苏轼在书房上贴上这样的对联:“识变天下字，读尽人间书。”母亲程氏看到后，决定教育一下儿子狂妄的口气，于是，把一本书递到苏轼的面前给他看，苏轼羞愧的发现自己竟然一字不识，后来把对联改成了:“发奋识变天下字，立志读尽人间书。”此后，苏轼沉潜下来，一心读书做学问，日积月累，终成一代大文豪，文章流芳千古。

苏轼的母亲程氏不仅教苏轼读书识字，还特别注重对儿子的德育教育。一次，苏母教苏轼读《后汉书》时，读到了《范滂传》，范滂因党锢遭宦官杀戮，临刑前诀别，范滂劝母亲不要过于悲伤。程氏为他们因正义而视死如归的崇高精神深深地感动，不禁放下书来，喟然叹息。年幼的苏轼突然问母亲：“如果我长大以后，做范滂那样的人，母亲会允许吗？”苏母肃然答道：“如果你能做范滂那样的人，难道我就不能做到像范母一样的母亲吗？”程氏用一言一行来教育、引导小苏轼。苏轼从小在母亲的教育下成长，在良好的家风中成长，二十岁时已经是博通经史，文采斐然。公元 1057 年一举考中进士，做过地方官员，也曾在朝廷中任翰林学士。在为官期间，他坚持以民为本，即使在被贬后，依然坚持为百姓办实事。在杭州，他疏浚西湖、修筑苏堤，创立公立慈善医院；在惠州，他引泉入城，供百姓使用；在徐州，他带领官员进行防洪……到处都是苏轼善政的足迹，他的这些民生思想和家庭的良好教育是分不开的，和幼年时母亲的认真引导是息息相关的。

晚清名臣曾国藩从一个乡绅的儿子成长为封疆大吏，是中国历史上最有影响力的人物之一。虽然，他已去世百年，提起曾国藩和他的后代子孙，人们仍旧津津乐道。他的家庭教育成就令人瞩目，曾国藩家族的“勤奋、俭朴”良好家风为人所称道。

长辈对晚辈的影响是潜移默化的，一言一行都能给后辈带来深远的影响。曾国藩在家书中曾这样写道：“我家先祖相传早起，吾得见竟希公、星冈公皆未明即起，冬寒起坐一个时辰，始见天亮。”曾家人代代坚持早起，勤奋读书，而这样的好家风成就了曾国藩，曾国藩也把家风更好的传承和发扬。

曾国藩要求子女要做到“勤”。他要求儿子每日早起，穿戴整齐之后，向长辈问安，把房子全部打扫一遍以后坐下来读书，每天练习 1000

个字。他督促子女勤奋学习、每日读书，“吾家男子于看、读、写、作四字缺一不可；女子于衣、食、粗、细四字缺一不可。”

他对子女的另一个要求是“俭”。他看到京城的纨绔子弟骄奢淫逸、挥霍无度，便让原配夫人带着孩子一直在乡下居住，远离京城奢侈腐化的环境。在家里，由夫人亲自纺织、下厨；女儿出嫁时，他规定嫁妆不能超过 200 两银子，始终坚持以俭持，杜绝腐化。

正是有曾家代代相传的好家风，曾氏子孙涌现出一批又一批的杰出人物，在教育、文学、艺术等多个领域取得了不凡的成就。

古人云：家风正则民风淳，民风淳则社稷安。中国历来重视家风文化，从《孔子家语》到《朱子家训》，从《曾国藩家书》到《傅雷家书》，门风优美始终是中国传统文化所推崇和追求的理念。良好的家风是一笔珍贵的精神财富，不仅是一个家庭的道德风尚，更是社会和谐的基石、净化社会风气的真正法宝。处在当代社会的我们，更要纯正家风、弘扬家风，用自己的一言一行、一举一动践行良好的家风。

孩子心，天上星

很久以前读到一个故事，被孩子温暖的心深深地打动着。

据说，有一位姑娘刚刚搬了家，隔壁住了一户穷人家，一个单亲妈妈与两个小孩子。有天晚上，忽然停了电，姑娘只好自己点起了蜡烛。没一会儿，忽然听到有人敲门。

原来是隔壁邻居的小孩子，只见他害羞地问："阿姨，请问你家有蜡烛吗？"女子心想：他们家竟穷到连蜡烛都没有吗？不能借给他们，免得被他们依赖了。

于是，她严肃地对孩子说："没有！"正当她准备关上门时，小孩展开关爱的笑容说："我就知道你家没有！"说完，竟从怀里拿出两根蜡烛，说："妈妈和我怕你一个人住又没有蜡烛，所以我带两根来送你。"

此刻女子自责、感动得热泪盈眶，将那小孩子紧紧地抱在怀里。

如今，自己家里也有了孩子，日日与孩子相处，慢慢发现，孩子的心，如天上的星星一样闪亮，纯洁无瑕，闪烁着光芒。

疫情封闭期间，我们为了减少下楼的次数，就在门口放了大纸箱子，先把垃圾一袋袋的放进去，等装满一箱子再统一带下去扔掉。可是，没过几日，我们就发现，门口的箱子总是不翼而飞，而垃圾被丢在原处。这样的事情次数多了，难免让人生气。

“怎么总有人把门口的纸箱子拿走，下楼扔垃圾都不方便了。”妈妈一大早气呼呼地抱怨了几句。

“是有点过分，怎么纸箱子也有人拿。”我附和道。

我和妈妈一言一语地议论起来，这时候，突然传出孩子稚嫩的声音“谁过分了呀，我看你们才过分呢。”五岁半的侄女一边说着一边从自己的房间里冲出来，小脸红扑扑的，刚掉了两颗牙的小嘴巴说话还漏着风。

听她不明就里地就说我们过分，我就索性把事情从头给她讲了一遍，以为她会站在我们这边。

过了一会，她若有所思，突然振振有词地说道：“他拿走了箱子，那是因为他家里没有呀。我们就不能给他分享吗？奶奶，姑姑。”

“我们家也没有了，怎么分享。”看她较真起来，我也不甘示弱。

小侄女一言不发，去房间里翻来翻去，过了十几分钟，拿了一个装裙子的袋子冲了出来：“这不是还有吗？”

“你用这个装垃圾，你好看的裙子就别装了。”我故意说道。

我们等着她服软，没想到她突然可怜巴巴地说道：“姑姑，奶奶，他家里连纸箱子都没有，一定很可怜，我们就不能分享给他吗？你们不是教我们小孩要学会分享吗？”

“分享的前提是自己有，现在我们也没有，怎么分享。”

“可是我们有一个这么大的房子，有一个这么幸福的家。我们有这么多呢。我们要给别人分享。”小姑娘大声地说道。仔细看去，粉嫩的小脸涨得通红，大眼睛扑闪地眨着，像夜空中闪亮的星星。

是啊，我们有这么多呢。我们要给别人分享呢。我们就这样被孩子简单的一句话而点醒，会被孩子一个不经意的举动所感染，豁然开朗，一阵清醒，也一阵温暖。

随着年岁的增长，阅历的增加，心却渐渐地被一层一层如蚕茧一样的心思包裹，千丝万缕，透不过气来。与孩子在一起，我常常被他们如星星般闪光的心所照亮，被他们单纯、稚嫩和柔软的心所融化，心的蚕茧渐渐消失，明亮起来。

能不忆江南

最早的时候，我是从书里进入江南的，被古诗词里的江南所吸引，白居易、苏轼、温庭筠、张志和，他们的诗句像雨水滴滴答答地落在我的脑海里，温润而新鲜，自此，心里便萦绕着关于对江南的向往。

后来，待自己的脚步踏向这片诗意的地方，真真切切地置身其中，这些记忆里的句子不再是虚无缥缈的了，活生生的就在眼前，一切变得鲜活而真实起来。

去江南的时候大多是独行的，一个人、一只包而已，走走停停，边走边看，慢慢走，慢慢看，慢慢浸润其间。这时候，会去一家小店吃一碗桂花酒酿圆子、两三枚软糯的点心；去旧书店里寻一处僻静的角落读本书，窗外的阳光透过木格子窗斜斜地照射进来；去园林里听一段旖旎的昆曲，低头嗅一枝梅花的幽香；去乘一只小舟摇摇前行，沉浸在这不慌不忙、不急不慢的水乡时光。江南的美融在黛瓦、白墙、树木、湖水、小桥乃至吃食里，轻轻渗入心灵深处，温和宁静。

“江南好，风景旧曾谙。日出江花红胜火，春来江水绿如蓝。能不忆江南？”江南的美和诗意穿越千载时光而不可磨灭。

相传元代诗人虞集的忘年之交柯敬仲要回江南，虞集依依不舍，便写词相送，词里这样写道："报道先生归也，杏花春雨江南。"粉白的杏花一树树的开，春雨淅淅沥沥落下来，花瓣上的水滴晶莹剔透，如一颗颗珠子，有声有色，一副湿漉漉的江南图景浮现眼前，令人心动。一时间，这首词被争相传送，遍满海内，甚至还被人织成锦帕。

诗人戴望舒的《雨巷》里这样写道"撑着油纸伞/独自彷徨在悠长悠长又寂寥的雨巷/我希望逢着一个丁香一样结着秋怨的姑娘"，这首诗引起了很多人的共鸣，烟雨蒙蒙的江南，悠长的雨巷，勾起了人们心里诗意栖居的影子。也许，人们并不是要去雨巷，也并非要去寻找一个丁香一样的姑娘，只是在繁忙生活中抽出身来，寻找生命中那份不可缺少的诗意和美好。被坚硬的外壳包裹的心在这份诗意里渐渐柔软起来，灵魂深处的嫩芽慢慢生长起来。

江南的美，不管你来与不来，看与不看，念与不念，她从来就淡淡地在那里，如一朵白色的莲花，在时光里蓦然开放，寂静欢喜。

这时，立春、雨水已过，江南的桃花灼灼盛开，想去折一枝赠给远方的朋友，寄去春日的讯息；这时，想戴着青色的箬笠，身披着绿蓑衣，穿过斜风细雨去山前看白鹭翱翔；这时，春风细细，枝头的柳叶冒出嫩绿的新芽，穿着薄春衫的少年骑着大马，斜靠着小桥，意气风发；这时，好友两三得半日之闲，在瓦屋纸窗之下，用素雅的茶具饮茶听雨话平生……这时，能不忆江南。

英雄凯旋，荆楚有情

3 月中旬，武汉的晴天多了起来，阳光温热，树叶涨绿，扑人眉宇，战“疫”形势总体向好。此时，樱花开得正盛，如烟如霞，分外精神，掩映着浪漫的黄鹤楼，梦幻的恍如天边的云。在这温暖的春天里，支援武汉的医护人员陆续踏上返回的行程。离别之际，这座城市里处处是让人落泪的不舍和送别。

大恩不言，来日方长，千丝万缕的爱溢满整个城市。

夜晚的武汉空荡而寂静，耸立的高楼大厦纷纷亮起了绮丽夺目的标语，“白衣执甲”“逆行出征”“向英雄致敬”“感谢最美逆行者”“守望相助”，这些温情的字眼和闪耀的灯光是整座城市的心声和浓浓的谢意，照亮了医护人员回家的路。

居家的阳台上，人们向驰援武汉的英雄们欢呼，一遍遍大声地呐喊着：“谢谢你们，感谢你们。”声音此起彼伏，连绵不绝。

城市的街道上，有志愿者穿着皮卡丘造型的服装，手持“谢谢”的标语，可爱地站在路边，向离去的医护人员招手送别，黄色的衣服在春风十里中格外明亮。

去机场的路上，武汉3000名交警按照“战时状态、战时要求、战时纪律”，以“最高礼遇、最深敬意、最佳形象”为白衣天使一路护行，沿途路口的交警纷纷立正敬礼，目送着他们踏上回乡的路。

武汉天河国际机场的候机大厅里，准备返程的各地援鄂医疗队队员拿到了一份别样的登机牌：航班名胜利号，登机口为凯旋门，目的地是美丽故乡，日期是抗疫胜利日。这份纪念版登机牌纪念的是这场世间大爱，是人们心底那份最真挚和柔软的情意。

黯然销魂者，唯别而已矣。遥想古人送别，有南浦唱歌，有灞桥折柳。在特殊的日子，武汉用自己的方式为驰援的英雄们送行。大爱无言，患难与共。一个个温情的送行，一幕幕让人感动的瞬间，是武汉这座城市向英雄的白衣战士们最真诚的感恩和铭记。离开的医疗人员手折千纸鹤，除了留下离去的背影，也给武汉留下了美好的祝愿。

看着医护人员离开的背影，渐行渐远，想起他们曾在武汉奋战的昼和夜，用血肉之躯守护万家灯火。看不清他们的脸，却能看见他们的眼睛里是春和暖，是希望和生机。

最危险的时刻，他们从全国各地驰援而来，把对家人的不舍、生命的安危置之身后，义无反顾，踏上武汉的征程，日夜奋战在没有硝烟的战场。

医院里是他们昼夜奋战的身影，是脸上长时间佩戴口罩而形成的深深浅浅的痕迹，是为了安全而剪去的丝丝缕缕的长发，是为了驰援而独自咽下思念家人的盈盈泪水，是为病人打气鼓励的脉脉言语，是他们流过的泪、流过的汗、拼过的命。

战“疫”形势向好时，方舱医院陆续关闭，患者渐渐康复出院，寒冬已尽，春天来临，却是他们踏上返程、离开的背影。

在武汉时，医院和酒店是执甲战士们不变的两点一线，抢夺时间就是抢夺生命，顾不得多余的休息，长时间守在医院，研究方案，治疗患者，武汉最美的樱花绽放没有看一眼，武汉的热干面和武昌鱼没有尝一口，武汉的黄鹤楼还没有登上去，就要默默离开了。

长江的流水记得这浩荡的恩情，穿越历史的古琴台见证着这肝胆相照的情谊，送别的黄鹤楼，留下的千纸鹤，是这座城市里最温暖的送行和缱绻的祝愿。

槐花白

四月的一天，有朋友送了蒸好的槐花饭，稍微在锅里蒸了几分钟，便闻到槐花的清香扑面而来，这时才惊觉槐花已挂满了枝头。

生活忙忙碌碌，而每一朵花却从不食言，如约盛开。无论是否有人欣赏，是在城市还是乡野，也不论是晴天还是雨天，兀自盛开，随风摇曳。

不想错过久违的槐花开，闲暇时分，走出城市，在田野里依稀能见到一树一树的槐花白。高高低低的槐树枝叶间，一串串的槐花像白色的小铃铛，清新地挂在枝头。浓郁的花香随风四散。在槐树下捡到了一串不知是风吹还是雨打下的槐花，湿漉漉的，像一只只白色的小蝴蝶挤在一起，真是美极了。拿一朵放到嘴里，甜丝丝的一下就将春天的味道融到身体里。

槐花不仅好看，也可食用。记得小时候看见调皮的男孩子在槐花盛开的时候翻身上树摘槐花，成串成串地摘下，顺着花梗捋下一大把花直接塞进嘴里，花梗随手抛到树下去。人们家里最常见的是蒸槐花饭，用面和槐花均匀地拌好以后，铺在锅里蒸，未等槐花出锅，早已是香气弥漫。也有人喜欢槐花炒鸡蛋，把鸡蛋打散以后倒入槐花，搅拌以后，入锅炒，只需稍微加一点点盐，就可以出锅。也有用槐花入汤，槐花炒肉片、槐花饺子等，食用的方法不同，初心相同的是遵循自然，遵循大味至简、大道至简的哲学，保有槐花原始的清香和甘甜。

不知，古人是否食用槐花，但可以确定的是古人对槐花一定是喜欢的。“槐花满院气，松子落阶声。”“薄暮宅门前，槐花深一寸。”这些诗句里的槐花跨过山河岁月跨过千年时光走向我，走向眼前盛开的槐花，让人倍感亲切。

槐花开，槐花落，像下了一场大雪，白得耀眼，香气随风四散开来。有时，渺茫的时间就像一阵晚风一样急急地来，又急急地走，比如远去的童年和故乡，远去的唐宋和诗词，远去的岁月无垠。谁料，草木竟是有情，这槐花年年岁岁的幽幽香气偶然之间就唤回了那似水光阴中的某个时刻，让人有几分惊喜，有几分怀念，也有几分唏嘘和惘然。

麦子青，麦子黄

“客行芳草垂杨外，春在柔桑小麦中。”又是一年杨柳新绿，桑叶轻柔，田野里的麦苗从梦中惊醒，睁开眼睛，新奇地打量着春天，伸伸懒腰，细细的叶子在和煦的阳光下摇曳生姿。

春雨滴滴答答，滋润着土地，也滋润着田野上的麦子，嫩绿的麦苗在雨水的滋养下疯长起来。春风驰荡，一层一层的麦浪里点缀着黄色的油菜花，在阳光下如一幅美丽的油画。

家乡山多，水少，随处可见的就是这样的麦地。“晴日暖风生麦气，绿阴幽草胜花时。”晴朗的日子，暖暖的微风里散发着麦子的香气，远比春日的百花烂漫更动人。对于曾经和麦子一起成长起来的我们而言，更觉麦气的新鲜，映着暖风扑面而来，透露着旺盛的生命力。

小满过后，大杏金黄小麦熟。布谷鸟动听的叫声，催熟了青杏，也催黄了麦田。金黄的杏子沉甸甸地挂满枝头，摇摇欲坠，我们刚从树下走过，嘴里就开始咽口水，馋着杏子酸酸甜甜的味道。这时候，田野里的麦子一穗穗一畦畦，铺在田间，好像一针一针织成的金色地毯。放学的小路上，几个小伙伴去麦地里掐几枝麦穗，先去掉刺人的麦芒，再用手掌轻轻地揉搓，把麦皮搓去，只余下珠圆玉润的麦粒，放在嘴里慢慢地咀嚼，散发着清甜的气息。这是阳光的味道，也是收获的味道。

“夜来南风起，小麦覆陇黄。”再刮过几场南风，田野里是一大片的麦子黄黄，连绵起伏，“小麦深如人，澶漫不见地。一苞十馀茎，一茎五六穗。实粒大且坚，较岁增三倍。”经过了冬、春、夏三个季节的滋养，麦子扎根大地，尽情地吸收养分，接受阳光和雨水的洗礼，饱满的麦粒就这样呈现在我们面前。只要人们足够勤快，遵循它的生长规律，准时把它播种到土壤里，它就不会辜负你的期盼。时间一到，它会回馈给你满地金黄的麦穗。

“妇姑荷箪食，童稚携壶浆，相随饷田去，丁壮在南冈。足蒸暑土气，背灼炎天光，力尽不知热，但惜夏日长。”收麦子时，村里的人家男女老少戴上草帽、拿起镰刀，齐齐上阵。小孩子就跟在后面捡拾掉了的麦穗，一会就捡了满满的一筐，大人就辛苦得多，顾不得天气的炎热，只想快点收割麦子，唯恐落了雨。累了的时候，大人用几捆麦子给我们搭一个可以乘凉的地方，躲在阴凉里，看着天上的白云悠悠地飘过，脚边的野花星星点点，地里的人们麻溜着弯着腰，用镰刀收割麦子，捆成一捆，放在一边，越积越多。就这样，慢慢地，太阳落下了山，夜幕降临，才有了丝丝的凉风扑面而来，麦子一捆捆地装上车，跟着人们回了家，田野里只留下金黄的麦茬，默默地躺在如纱如雾的月光下，幸福而疲惫。

如今，故乡的小麦从播种到收割，已经实现了机械化作业，不再需要人工收割，也不需要那么沉重的劳动，很少再有全家老小齐齐上阵的画面。而且，过完童年，我就离开了乡村，很少再见到田野里麦苗青青，也没有闻过麦子的香气，再也没有顶着炎炎夏日捡拾麦子的经历，可是记忆里的麦子却越来越清晰。它时刻提醒着我，不要忘记农人的辛勤劳动，不要忘记是麦子把我们喂养长大。扎根城市，生活依然如同一粒粒麦子一样，要经历出苗、生根、长叶、分蘖、拔节、抽穗、开花、结实，迎着冬日的霜雪、经过春雨的滋润、顶着夏季的烈日灼灼，才有收获的喜悦。

又是一年春光好，故乡的麦田又是一片青青了吧。它们在春风的温柔吹拂下碧浪翻滚，闪耀着葳蕤的光。看见麦子青青，生活就总是充满着绿意盈盈的希望。只要付出辛勤劳作，那么到了收获的季节一定会回馈给你一片麦子黄，在风中摇曳。

后记

说起出书的想法，由来已久。我想，每一个爱读书和写作的人都希望有朝一日在书架上看到自己的书，那是一件多么幸福的事情。

写作的时间由来已久。随着年岁的增长，我忽然意识到写作不仅仅是记录生活，而有着更多的意义和导向。作为一名写作者，也肩负着更多的责任。我不断地读书、写字。此时的自己转向更精练、准确地表达自己对生活的理解和感悟，传达积极的、正向的能量，给读者带来一定的启发和意义。

在《列车前行：心安处即书房》文章中，我写道："列车上的阅读较为惬意。火车在钢轨上均匀地移动，笔直、坚定、理性、沉稳。窗外是沉寂的夜色，是明灭的灯火，与阅读的快感交相辉映。在铁路线上行进，列车车轮和钢轨碰撞产生哐当哐当的声音，让阅读有了些许节奏。"在阅读中，我寻找未知的答案，为自己的心答疑解惑；在阅读中，我慢慢修正自己的心性，不偏不倚；在阅读中，我逐渐变成了不一样的自己。

在《如果你是个女人，那么每天笔耕不辍吧》文章中，我写道："如果你是个女人，要每天笔耕不辍。即使每天只有那么十分钟也要写。这会给你一份期待，一个跟自己的约会。写作让我们享受独处的乐趣。写作的时候，也是我们难能可贵的独处时光。在鸟鸣声清幽的清晨，在虫鸣声嘶嘶的夜晚，在傍晚的风中，东奔西走和一地鸡毛的生活暂停，我们和自己对话。”因为这篇文章，也带动了很多朋友一起阅读和写作。

作为一名铁路工作者，我熟悉铁路生活，热爱铁路生活。我在《铁路人的修行》和《行驶在二月的春风中的临客》中，我描写了铁路职工换轨施工、参加春运期间临客值乘的故事，也写了坚守在大别深山几十年的铁路职工的故事，有读者告诉我“看了你的文章，发现铁路人真的不容易也很棒，舍小家为大家，感谢铁路职工的付出，我们现在出行的体验越来越好。”

在《麦子青，麦子黄》中，我写了对故乡的怀念，引起了很多读者朋友的共鸣，“过完童年，我就离开了乡村，很少再见到田野里麦苗青青，也没有闻过麦子的香气，再也没有顶着炎炎夏日捡拾麦子的经历，可是记忆里的麦子却越来越清晰。生活如同一粒粒麦子一样，要经历出苗、生根、长叶、分蘖、拔节、抽穗、开花、结实，迎着冬日的霜雪、经过春雨的滋润、顶着夏季的烈日灼灼，才有收获的喜悦。”最初的心是柔软的。有时，我们时不时会回忆起一些旧时光，不过是忆起那时的初心，那时候的天很蓝，云很白，而我们如初夏枝头绽放的花一般柔软和明亮。

……

书中收录的文章，其中有的已在报纸、杂志上发表，有的是新作，由此整理集结。在写作的过程中，我收到很多读者和朋友对我文章的反馈，欣喜的是我竟在无意之中打开了一扇小小的窗口，让更多的人得以窥见和了解一线铁路职工的生活和工作，让他们的铁路精神被更多的人所知晓。同时，我用文字传达了生命中正向的能量和理念，给读者以温暖和力量。

因为写作，我结识了全国各地很多优秀的老师。感谢一直鼓励和支持我的老师、家人、同事和朋友们，他们既是我学习的榜样，也是照亮我前行的光芒。

我有一支笔，给我以喜乐，伴我共成长。未来的路还很长，而我会一直笔耕不辍。

2020 年 5 月 29 日